旦那様の頭が獣なのは
どうも私のせいらしい2

紫　月　恵　里

E R I　S H I D U K I

一迅社文庫アイリス

CONTENTS

プロローグ 8
第一章 新婚旅行は波乱のはじまり 15
第二章 地下聖堂の光と闇 55
第三章 聖地は複雑怪奇 92
第四章 見えるものと見えざるもの 153
第五章 声なき声の主 195
エピローグ 292
あとがき 302

クラウディオ・バルツァー
バルツァー国王太子。ローゼマリーには黒髪の精悍な青年に見えるが、それ以外の人間——本人にも頭部が銀獅子の頭に羊角が生えて見えている。腕の立つ武人で、剣術を得意としている。他人に弱みを見せることを嫌う。
ローゼマリー・フォラント
フォラント国の王女でクラウディオの妃。嘘つきや負の感情を持つ人間の頭部が獣に変化して見える目の持ち主。そのため人間不信気味で気弱な性格となり引きこもっていた。園芸が趣味で園芸道具や植物に名前をつけている。カオラの種のお茶を愛飲。
旦那様の頭が獣なのはどうも私のせいらしい
characters

ハイディ・シュナイト
ローゼマリーの侍女。
裏表のない性格。
ローゼマリーを慕っている。

アルト・クラウゼン
クラウディオの側近で
近衛隊の副隊長。
真面目で爽やかな青年。

フリッツ・ベルク
国教会の聖職者。
裏では暗部を引き受ける
クラウディオの密偵。

エーデルトラウト
バルツァーの筆頭魔術師。
面倒くさがりだが、
魔術に関してはうるさい。

イルゼ・ランセル
聖地でローゼマリー達の
世話役となった聖職者。

アデリナ・リッツ
聖地教会で働く小間使い。
働き者で溌剌とした
印象の少女。

レネ
エーデルトラウトの前任で、『禁忌の森』の番人をしていた魔術師。

用語

バルツァー
大陸の北にある魔術大国。
銀獅子の顔に羊の角を持った獣を神獣(聖獣)としている。

フォラント
大国バルツァーから離れた小国。牧畜と農業が主要産業。

カオラ
原産地のフォラントでは、種を焙煎して嗜好品として飲まれる。
国外への持ち出しは禁止されている。

魔力封じの種
バルツァーの国教会が管理する魔力を抑える種。
体内に取り込むことで魔力を抑えることができる。

イラストレーション◆凪かすみ

旦那様の頭が獣なのはどうも私のせいらしい2

Husband's head is a lion. A reason seems to be I.

プロローグ

「今度こそ元に戻ったぞ」

満面の笑みを浮かべ、朗らかな声を上げるクラウディオに、ローゼマリーは感極まったように声を詰まらせた。

「……っ、本当に、よかった」

クラウディオの前に置かれた鏡には月光にも似た銀の毛並みの獅子《しし》の顔も、黒曜石の輝きを放つくるりと巻いた羊の角も映ってはいない。艶《つや》やかな黒髪に、彫りの深い精悍《せいかん》な面差し。ともすれば冷たい印象を与えてしまいそうな切れ長の青い双眸《そうぼう》は、今は喜びに柔らかく細められている。堂々とした佇《たたず》まいの貴公子然とした青年の姿がそこにあった。

鏡は事実を映し出すもの。これなら自分の目だけではなく、他《ほか》の人の目にもちゃんと人間の姿に見えるだろう。

「魔術も使えるようだ」

ふいにクラウディオが手のひらを返すと、瞬く間に婚礼の時に見た青い小鳥が現れ、高らかにさえずりながら飛び立った。

ローゼマリーは溢《あふ》れ出しそうな涙をぐっとこらえ、笑みを浮かべた。

「魔力をお返しすることができて、安心しました」

もうこれでクラウディオは王太子位を追われることも、命を脅かされることもない。そう思うと嬉《うれ》しくてたまらない。だが同時に胸によぎったのは、一抹の寂しさ。

(クラウディオ様は魔力が元に戻ってもわたしをフォラントに帰す予定はない、とは言っていたけれども……。わたしは魔力を奪う体質のようだから……)

再びクラウディオの魔力を奪ってしまっては元も子もない。きっと周囲はローゼマリーがクラウディオの妃《きさき》でいることを許さず、フォラントへ帰すだろう。

じくじくと痛み出す胸を片手で押さえ、口元に無理やり笑みを浮かべる。

「さあ、これで心置きなく王位継承ができるぞ。バルコニーの外で民衆が待っている」

意気揚々としたクラウディオの声に反応するように、建物の外から歓声が湧《わ》き起こる。

「王位、ですか？　まだ国王陛下がご存命では……」

問い返す声が聞こえなかったのか、クラウディオは足を止めることなくバルコニーへと歩き出した。肩に羽織った漆黒のマントの緋色《ひいろ》の裏地が翻《ひるがえ》り、ローゼマリーの視界を一瞬だけ奪う。そのわずかな、間。

「……え？」

ローゼマリーは大きく目を見開いた。

クラウディオの身長が縮んでいた。背を覆っていたマントが床を引きずっている。それでもなぜか気が付かずにクラウディオはバルコニーへと進んでいく。

魔力を返してもまだ自分の目がおかしかったのだろうかと、先ほどクラウディオが覗《のぞ》き込んでいた鏡を振り返ったが、そこにも確かに背丈が低くなったクラウディオが映っていた。

「待ってください、クラウディオ様」

何が起こっているのかわからないまま、慌てて追いかけてマントに手をかける。するり、といとも簡単に手に落ちてきたそれを受け止め、そのまま身を硬直させた。

「どうした。早く来い、ローゼマリー」

振り返ってにこやかに呼びかけるクラウディオは、とても穏やかな目で自分を見上げていた。

「ク、クラウディオ、さま……」

「何だ？　そんなに驚いた顔をして。ああ、まだ民の前に立つ心の準備ができていなかったのか？　それなら俺《おれ》が先に行って応《こた》えておくから、落ち着いたら出てくればいい」

「そうではないのです。お姿が戻っていません！　むしろ悪化しています！」

激しく首を横に振って、鏡が見えるようにと横にずれる。そこには、頭は黒髪の青年、体は勇壮な銀の毛並みの獅子、そして背に翼が生えた聖獣という、何とも珍妙な姿が映っていた。

「顔は戻っているだろう。ほら魔術も使える。何も問題はない。時間がないから行くぞ」

「いいえ、あります！　わたしはそのお姿でも気になりませんけれども、国民の皆さんは驚かれると思います！」

何でもないことのように翼を揺らし、手のひらほどの青白い炎を出現させたクラウディオが歩き出そうとしたので、ローゼマリーは追いすがるように柔らかな毛並みに覆われた首にしがみついた。それでもずるずると引きずられてしまう。バルコニーがあっという間に迫る。

「待ってください！　どなたかクラウディオ様を止めて！　人面獅子のお姿が――」

「誰《だれ》が人面獅子だ⁉」

唐突に響いた怒声と、次いでがつんと頭に走った衝撃に、ローゼマリーはきつく瞑《つむ》っていた目を開けた。視界に飛び込んできたのは不機嫌そうに眉《まゆ》をひそめ、なぜか額を片手で押さえながらこちらを睨《にら》みつける自分の夫、魔術国家バルツァーの王太子、クラウディオの顔だった。

「……っ、人面獅子がクラウディオ様で、バルコニーが民衆で――。いいえ、あのっ、ご無事ですか⁉」

銀色の毛並みの獣の首ではなく、つかみかかっていたクラヴァットから手を放し、その体を確かめるようにあちこちをぺたぺたと触ると、クラウディオは顔を赤くして手をつかんできた。

「やめろ！　お前、寝ぼけているな⁉」

クラウディオが怒鳴った拍子にがたり、と椅子《いす》が揺れた。そこでようやく我に返る。

そこは城のバルコニーへと続く簡素な一室ではなく、バルツァー王家の紋が薄く描かれた壁紙の張られた瀟洒《しょうしゃ》な装飾の馬車の中だった。座っている座席にはふんだんに綿が詰められた手触りのよいクッションが置かれ、体に負担がかからないようになっている。そして旅装を身にまとったクラウディオの体は、きちんとした人間の青年のものだった。

「……わたし、は」

「思い出したか？　俺たちが今どこへ向かっているのか」

向かいの座席に座っていたクラウディオが呆《あき》れたようにローゼマリーの手を放し、窓枠に頬《ほお》杖《づえ》をついて嘆息する。ローゼマリーは冷や汗が出る思いでこくこくと首を縦に振った。

「――はいっ、聖物礼拝の儀に出席する為《ため》と、魔力を元に戻す手がかりを知っているかもしれない方に会いに聖地に向かっています。あと、わたしはたしかバケツを被《かぶ》って眠っていたような気がするのですが……」

クラウディオの許可が出たので、何よりも安心するバケツを頭に被って眠っていたはずだ。なぜかじりじりと痛みを訴える額をさすりながら周囲を見回す。足元に若草色のリボンを取っ手に巻き付けた銀色のバケツが転がっているのに気付いて、ほっとした。

「そうだな、被っていたな。ああ、被っていたとも」

渇いた声音のクラウディオに、幼子がぬいぐるみを抱くのと同じようにバケツを胸に抱えたローゼマリーは首を傾《かし》げて、ふと彼の額が赤いことに気付いた。さあっと一気に血の気が引く。

「すみません！　バケツがぶつかりましたか？　え、でも、わたしどんな風に眠って……」

座ってうつらうつらしていたはずだ。寝ぼけて向かいに座るクラウディオに身を乗り出し、頭突きでもしたというのか。不思議そうな視線をクラウディオに向けると、彼はさっと顔をそらした。その顔はどういうわけか耳まで赤い。

「……うなされていたようだから、起こそうとしたら馬車が揺れて、お前が急に起きたんだ」

どこか気まずそうに視線をそらしたまま理由を口にするクラウディオに、ローゼマリーは何となく腑《ふ》に落ちなかったが、それでも悪いことをしてしまったと気がとがめた。

「すみません……。馬車の中では被らないようにします」

「そうしてくれ。できれば衣装箱の奥底にでもしまい込んでくれると嬉しいがな」

「それは、あの、バケツはわたしの体の一部なのですが……」

「だから一部にするな！　人間にそんな取り外し可能な部位があってたまるかと何度も言っているだろう」

困ったように眉を寄せると、クラウディオはここ最近言い続けていることを繰り返した。その視線が恨めし気にバケツに注がれる。ここのところ、クラウディオはそんな目をすることが多い。

「なんだって、そんな無機物がいいんだ……」

「無機物ですけれども、無機物ではありません」

「……もういい。――それより、俺が渡したものはどうした？」

疲れたように額を押さえたクラウディオに探るような、それでいて期待に満ちた目を向けられ、どきりと鼓動が大きく跳ね上がった。躍る心臓を押さえようと胸元に手をやると、布越しに硬いものが指先に触れる。その拍子に、ふわり、と甘いカオラの香りが鼻腔《びこう》をくすぐった。

「ちゃんと、つけています」

「そうか、それならいい」

クラウディオが何となくほっとしたように笑った。その笑みに胸がどうしようもなくざわめく。首の後ろがじわりと熱を帯びて、ローゼマリーはそれを振り切るように小さく首を横に振った。その刹那《せつな》。

――ローゼマリー、俺の側《そば》にいろ。いや、いてくれ。

クラウディオの暗殺未遂の容疑が晴れた後、あの温室で懇願するように訴えられた言葉が脳裏をよぎる。

クラウディオに忘れろとは言われたが、あんな風に言われてしまっては無理な話だ。

(でも、忘れないと。あれはきっとクラウディオ様が優しいから出た言葉。早く魔力を返さないと、クラウディオ様のお命がいつまでも脅かされる)

聖地へ赴く為に、ローゼマリーの身を案じて用意してくれたこれを無駄にしない為にも、魔力を元に戻す手立てがわかればいい。

これを貰《もら》ったあの時も同じように強く願ったことを思い出し、ローゼマリーは決意を確かめるかのようになおさら強く胸元を握りしめた。

第一章　新婚旅行は波乱のはじまり

「キス、して」

その日、バルツァー国王太子、クラウディオの執務室はノックもせずに室内に飛び込んできた筆頭魔術師エーデルトラウトが放った一言によって、一瞬だけ時間を止めた。

夏の突き刺すような日差しよりも柔らかい秋の陽光が穏やかに室内を照らしていたが、それさえも凍り付いたかのようだった。

執務の合間の昼休憩をしていたクラウディオを訪ねていたローゼマリーは、手にしていたカップを取り落としそうになり、とっさに力を込めた。ほっとしたのも束《つか》の間、隣に座っていたクラウディオが盛大に咽《む》せるのが聞こえて、慌ててカップを置いてその背をさすった。

「だ、大丈夫ですか？　クラウディオ様」

「……っごほっ、んんっ、大丈夫だ」

給仕をしていた自分付きの侍女のハイディが、好奇心に満ちた表情で渡してくれた布をクラウディオに差し出す。

「何を唐突なことを言うのかと思えば……」

口元を布で拭《ぬぐ》ったクラウディオが、眉間《みけん》に皺《しわ》を寄せてエーデルトラウトを睨《にら》みつけたが、魔術師はクラウディオの怒りをものともせず、軽食や茶器が並べられた机に身を乗り出した。

「査問会の時、フォラントの王女のキスで魔力戻った。でも、一時的。どうしてそうなったのか、もっと検証必要。だからキスして」

バルツァーの筆頭魔術師にしてクラウディオ付きの魔術師でもあるエーデルトラウトは、現在は魔術が使えないクラウディオに代わって魔術を使う等、色々と頼りになることもあるが、その分いつも突拍子もない言動をする。

相変わらず陰気な藍色《あいいろ》の外套《がいとう》を頭から被《かぶ》っているエーデルトラウトの顔は見えないが、それでも雰囲気が爛々《らんらん》と輝いているような気がする。

負の感情を持つ人間の頭が獣に見える為《ため》、ずっと故国フォラントの離宮に引きこもっていたローゼマリーだったが、ひょんなことから唯一、一度も獣の頭に見えなかったバルツァー王太子クラウディオに嫁いだ。そこで自分の目がおかしいのはクラウディオの魔力を奪った為だと知らされた。

魔力を奪われたことで、自分以外の他《ほか》の人々にはバルツァー建国の際に力を貸したという聖獣・銀獅子《ぎんじし》の頭に見えるようになってしまったクラウディオとの険悪な状態から、色々な波乱を乗り越えて態度が軟化してきた矢先、ローゼマリーはクラウディオの暗殺未遂を疑われ、クラウディオは魔力がないのでは、と大司教に疑われ査問会が開かれた。

エーデルトラウトの指示でキスして魔力が戻り、大司教が逆に追及される事態となり、暗殺未遂の件もつつがなく片付いたのだが、その後せっかく戻ったクラウディオの魔力はなぜか再び綺麗《きれい》さっぱり消えてしまった。やはりローゼマリーの目には精悍《せいかん》な面立ちの黒髪の青年の顔に映るが、周囲の人々には銀の毛並みと黒い羊の巻き角を持った獅子頭の王太子に見えるらしい。

決死の覚悟で挑んだあの行為が無駄になったことに、落胆したのは言うまでもない。だが、同時にまだクラウディオの側《そば》にいてもいい理由ができたことに、少しでもほっとしてしまった自分に嫌気がさした。

（でも、あれをもう一度、するの？　だってあの後……）

かぁっと顔に熱が集まる。

「あの後、もう一度試してみたが、戻らなかっただろう」

腕を組んで嘆息するクラウディオがちらりとこちらに複雑そうな視線を寄越したので、ローゼマリーは赤面したまま肩を強《こわ》ばらせた。

エーデルトラウトがもう一度試してみてほしいと言うので、羞恥《しゅうち》を堪《こら》えてあの後キスをした。しかし魔力は欠片《かけら》ほども戻らず、クラウディオの顔も獣のままだった。

「でも、一度だけでも元に戻った。何か条件、あったはず。それ追究したい」

「それもそうだが、魔力封じの種――カオラのほうの研究はどうなっている」

引き下がる様子のないエーデルトラウトに胡乱《うろん》な目を向けつつ、クラウディオが質問を投げかけた。

ローゼマリーの故国フォラントでは『カオラ』のお茶として親しまれているそれは、ここバルツァーではその昔、『魔力封じの種』として罪を犯した魔術師の刑罰として使われていたという。自分をも傷つけかねない強大な魔力を抑える為にそれを飲まされたクラウディオは、ローゼマリーに魔力を奪われたせいで、魔力を求めるという『魔力封じの種』によって命を脅かされている。

（魔力を奪った時のことをもう少し思い出せれば、助けになるとは思うけれども……。わたしの目なんか気にしている場合ではないし……）

負の感情を持った人物の頭が動物の頭に見える。そのことよりもクラウディオのほうが深刻だ。

ローゼマリーは胸に居座る重苦しさを堪えるように、膝《ひざ》に乗せた手に力を込めた。

そんなローゼマリーを尻目《しりめ》に、エーデルトラウトがクラウディオに詰め寄る。

「そっちはそっちで進めてる。でも、あんまり芳しくないから、クラウディオに頼んだことの報告待ってるところ。まだ？」

「今、フリッツに調べさせているところだ。時間がかかるのはわかっているだろう」

「わかっているから、なおさら。時間の無駄。だから別方面も調べるの、必要」

クラウディオの質問をさらりと交わし、執拗《しつよう》に迫ってくるエーデルトラウトに面倒くさくなったのか、クラウディオはぞんざいに片手を振った。

「考えておく」

「……あの、わたしは協力したいと思うのですが」

ローゼマリーがおずおずと申し出ると、クラウディオがぎょっとしたように勢いよくこちらを振り返った。壁の側に控えていたハイディも目をむく。

「姫さま⁉」

「お前、言っていることがわかって――」

「本当？　じゃ、これ。時間と場所とどういう状況だったか記録して。目標、最低一日三回。でも、過剰摂取してもいいから」

驚きの声を上げるハイディとクラウディオの言葉をさえぎって、エーデルトラウトが懐から紙の束を取り出した。押し付けられるままに紙の束を受け取ったローゼマリーは目を白黒させた。

（ええと、それは薬の処方箋《しょほうせん》？　それとも投薬記録かしら……）

いや、エーデルトラウトにとっては実験記録かもしれない。

「はい、じゃ一回目。ワタシいるうちに試して」

「するか！」

呆気《あっけ》にとられていたクラウディオがわなわなと肩を震わせながら怒鳴った。奪うように紙の束を取り上げられ、机の上に放り出される。

「誰《だれ》が事細かにキスの状況を書き記すか。ローゼマリー、お前もほいほいと簡単に受けるな。自分の身をもっと大切にしろ」

「でも、わたしにとっては、クラウディオ様のお体が一番大切ですから。わたしにできることでしたら、少しでも協力をさせてください」

見開かれたクラウディオの青い双眸《そうぼう》を真《ま》っ直《す》ぐに見据えて、微笑《ほほえ》む。

自分を気遣ってくれるのは嬉《うれ》しいが、そんなクラウディオに報いる為にも、可能性があることなら試してみたい。自分の羞恥はこの際、置いておく。

「ローゼマリー……、お前は――」

ふいにクラウディオが感じ入ったような柔らかな笑みを浮かべ、頬《ほお》に触れてこようとした。

「ですので、そんなに気になさらないでください。――人工呼吸と同じですから大丈夫です。もしくは飼い犬にじゃれつかれたと思えば――っ。痛いです」

なぜかつままれた頬をさすりながらクラウディオを恨めし気に見やる。

「うるさい。何が飼い犬だ。飼われているのはどちらかといえばお前のほうだろう。そんなに言うのならばやってやろうではないか」

どういうわけか怒らせてしまったらしい。

据わった目を向けられて、ローゼマリーは少しだけ怖気《おじけ》づいた。無意識のうちに隣に座ったクラウディオから距離を取ろうとして、肩を抱き込まれる。

「二人とも、出ていけ。見世物にする趣味はない」

低く、抑揚のない声が静かに響いたかと思うと、ハイディとエーデルトラウトの二人分の足音がしてその気配が部屋の外へと遠ざかった。そのことに急に心細くなって俯《うつむ》こうとすると、節くれだった男らしい指が頤《おとがい》にかかり、上を向かされる。怒りに青味が増した瞳《ひとみ》が真っ直ぐに自分を見下ろしていた。その獰猛《どうもう》さが見え隠れする双眸に、わずかな恐れが湧《わ》き起こる。

(噛《か》みつかれそう……)

耳元に心臓があるのではないかと思うほど鼓動が大きく鳴り響く。引き寄せられた拍子にクラウディオの胸についた手のひら越しに、同じような速さで波打つ鼓動を感じた。体中の熱がすべて顔に集まっているような気がする。

間近にあるクラウディオの形のいい唇が、薄い笑みを浮かべた。

「――お前のせいだからな」

「わたしのせい、ですか。それは――っ」

言いかけた言葉は吐息とともに、喉《のど》の奥に呑《の》み込まれた。

＊＊＊

一通り執務を終え、夜の帳《とばり》が差し迫る執務室にからりとした笑声が響き渡った。

「それで？　やっぱり魔力は戻らなかったわけか」

好奇心に満ちたやけにきらきらしい視線を側近から向けられて、クラウディオは執務机についたまま、うっとうしげに額を押さえて目を眇《すが》めた。

「ああ」

「それはそれは……。ただの役得ってやつだね。僕がちょっと忙しくて離れている間にだいぶ面白いことになっているじゃないか」

「面白がるな、フリッツ」

じろりと泣き黒子《ぼくろ》の聖職者を睨みつけたが、しかしフリッツは恐れもせずに肩をすくめた。

この男はクラウディオと犬猿の仲の教会内に内偵者が欲しくないか、などといったように、腐敗した教会でくすぶっているより、自分の人脈や情報網を駆使してクラウディオの下で働きたいと持ち掛けてきた聖職者で重宝しているが、こういうところは少しだけうっとうしい。

「そうです。茶化さないでください、フリッツ殿。その後、妃殿下が倒れられて殿下は落ち込んでおられるのですから」

「アルト！　それはこいつには言うなと言っただろう」

「は、これは申し訳ございません」

扉の側に控えていた実直な面輪の近衛副隊長が、援護という名の暴露をしてくれたのを咎《とが》めると、アルトは大きな肩を悄然《しょうぜん》とすくめた。こっちはこっちで真面目《まじめ》すぎて度々融通がきかないが、それでも忠誠心を疑ったことはない。

「まあまあ、うっかりがっついたのが恥ずかしいからって、アルト君に当たったら駄目だよ」

「がっついてなどいない。あいつの耐性がないだけだ」

昼間、ローゼマリーに煽《あお》られるままに口づけた後、彼女はのぼせたのか、緊張しすぎたのか、軽く唇に触れただけだというのに急に意識を飛ばしたのだ。口では大丈夫とは言っていても、やはり嫌われているのではないかと疑いたくもなる。

「耐性がない？　あんなに仲睦《なかむつ》まじくしているのに、何を今さら……って。殿下、もしかして奥方にきちんと好きだとか、愛しているだとか、告白していないわけがないよね？」

すうっと真顔になるフリッツに気まずくなって、クラウディオは視線をそらした。

「うわあ、それって……。ああ、だから奥方の気持ちもわからなくて落ち込んだのか。そんなことだったらさっさと自分の気持ちを伝えてしまえばいいんじゃないのかい」

「俺が好意をはっきりと伝えたら、今のあいつは嫌でも受け入れざるを得ないだろう。それでは駄目だ」

ため息交じりに言葉を紡ぎ、エーデルトラウトが押し付けていった記録紙をくしゃりと丸める。

どうしたって、ローゼマリーにはクラウディオの魔力を奪い、異形頭に変えてしまったという負い目がある。昼間のようにここのところ少しでも早く魔力を返さないと、と意気込んでいる節もあるから、できることなら何でもしてしまうだろう。

きっとそこには好悪の感情など混じらない。

側にいてくれとは口にしたが、それに気付いてしまってからは、正直に気持ちを言うのはためらわれた。

「それにフォラントに帰りたがっているのに、引き止めたとしても恨まれるだけだろう」

フリッツが、うっすらと母親のような慈愛に満ちた笑みを浮かべた。

「殿下さぁ……、ちょっと面倒くさい。こう、もっとスパッと男らしくいこうよ。ねえ、アルト君」

「はあ……。殿下は女性に好意を持たれることも持つことも少なかったわけですから、面倒くさく……いえ、慎重になられるのも仕方がないのでは」

側近二人に面倒くさい男と認定されたクラウディオは、苛立《いらだ》ったように咳払《せきばら》いをした。

「うるさい。そんなことは自分でもわかっている。——それより、頼んだことの報告を持ってきたのだろう。エーデ師が待ちくたびれている」

手のひらをフリッツに向けて催促すると、現在は空席となったバルツァー国教会の大司教位や出世にはまったく興味を示さず、クラウディオ付きの聖職者の地位を望んだ男は、得意げに数通の封書を差し出した。

「あちこちの知人に当たってみたんだけどね。頼まれた捜し人はエーデ師が放浪しているとか言っていた通り、本当に各地を転々としているみたいなんだ。なかなか一か所にとどまってくれない。でも、ようやく行動の予測がついたよ。近々で遭遇しようとするなら、そこが一番近い」

封が切られていた手紙を取り出してそれに目を通したクラウディオは、意外そうに片眉《かたまゆ》を上げた。

「聖地の『聖物礼拝の儀』に現れているのか？　なぜそんな場所に……。聖地教会など、魔術師はなおさら敬遠されるだろう」

「疎まれるとわかっていても見たい、とかいう好奇心の塊のような人なんじゃないのかい。まあ、僕も一時期いたことがあるからわかるけど、実際にかなり盛大だしねえ」

バルツァーではいつも使者を出していたはずだが、他国では王族が出向くこともあるらしい。

「どうするんだい？　僕が聖地まで行って、事情を話してきてもいいけれども」

「命じていただければ、私もフリッツ殿に同行致します。もし話を渋るようでしたら、『魔力封じの種』をエーデルトラウト様からいただき、首に縄を付けてでも連れて来ることも可能です」

「そうだな……」

対話で穏便に済まそうとするフリッツと、一方で顔に似合わず物騒なことを口にするアルトにちらりと視線をやりながら、クラウディオは封書を机の上に置いて、口を開いた。

＊＊＊

「『聖物礼拝の儀』ですか？」

クラウディオから聞かされた聞き覚えのある言葉に、ローゼマリーはきょとんと目を瞬《まばた》いた。

エーデルトラウトからのキス記録要請事件からしばらく経《た》ったある日の朝、自室の居間で日課となったクラウディオの体調を整える為に差し出された手に自分の手を重ねると、そう切り出された。

あの事件の次の日は自分から協力すると言い出したくせに倒れる、という失態に平謝りしたが、クラウディオは初めからわかっていたから気にしない、と許してくれた。安堵《あんど》した半面、自己嫌悪の毎日だ。

「知っているか？」

「はい、聖地に安置されている聖物が公開される日ですよね。フォラントではこの前は姉上が出席していました。聖者様が奉られた礼拝堂がとても素晴らしかったと言っていて……。あの、もしかして出席――」

嫌な予感を覚えて、テーブルを挟んで向かいに座るクラウディオを上目遣いに見やると、彼はにやりと意地悪く笑った。

「ああ、出席しようと思う。お前も同行しろ」

「……バ、バケツを被っていてもよろしいでしょうか？」

「ああ、いいぞ。道中の馬車の中か、室内だけならばな」

「え？」

てっきり駄目に決まっているだろう、といつものように怒られるかと思っていたが、上機嫌で許可してくれるクラウディオに逆に不信感が芽生えた。

「何かあるのですか？」

居住まいを正すように問いかけると、クラウディオはつないだ手に軽く力を込めた。

「エーデ師のカオラの研究が行き詰まっているのは知っているだろう。そこでエーデ師から前任の『禁忌の森』の番人に意見を聞きたいから、捜してくれと頼まれていたんだ」

『禁忌の森』と聞いて、ローゼマリーは唇を引き結んだ。大司教ケストナーによって、魔力のない者は行方《ゆくえ》不明になると言われている、聖獣・銀獅子が眠る森に捨てられた時のことを思い出す。

――近づく者は皆、聖獣の夢に食われる。ワタシ、聖獣の夢の番人。

エーデルトラウトから聞いた不可思議な言葉を、すべてが終わってから本人にもう一度尋ねたのだが、筆頭魔術師は意味深に笑うだけで真意を答えてはくれなかった。

(聞いてはいけないことなのかしら……)

そう思って、いまだにクラウディオにも聞けずにいる。

「ローゼマリー？　まだ目が覚めていないのか？」

ふいにクラウディオが不審げに顔を覗《のぞ》き込んできた。はっと考え事をやめたローゼマリーは、間近にあるクラウディオの顔に気付いて、赤面した。先日のこともあってか、近づかれると余計に心臓に悪い。

「お、起きています。すみません。エーデ様の前任の番人の方のお話ですよね。エーデ様よりも優秀な方なのですか？」

訝《いぶか》し気なクラウディオだったが、一つ頷くと、姿勢を正して話を続けた。

「俺は会ったことはないが、少なくともエーデ師より魔力は少ないらしい。だが、知識はかなり豊富だそうだ。国王陛下が即位なされると同時に退任して、各地を転々としているらしい」

それはずいぶん元気なお年寄りだ。エーデルトラウトの年齢はわからないが、その前任の魔術師ともなればそれなりの年だろうに。

「その前任の番人――名前をレネというそうだが、ようやく聖物礼拝の儀に毎回現れることをフリッツがつかんできた。人をやってバルツァーに呼び寄せてもいいが、知識を借りるのだから、聖地まで会いに行こうと思う。エーデ師があまり魂の状態を見るのが得意じゃないからな。ついでに俺たちの魂の状態も見てもらったほうがいい」

「魂の状態、ですか？」

いきなり魂などということを言われて、面食らう。魔術的なことはやはりさっぱりだ。

「ああ、優秀な魔術師は魂の形が見えるんだ。それによって体の不具合もよくわかる。レネ殿は俺に魔力封じの種を呑ませた際に立ち会っていた人物だから、その辺りは問題ないだろう」

　ローゼマリーは息を呑んで、クラウディオをまじまじと見つめた。

「――わかりました。そういうことでしたら、喜んで同行します」

　クラウディオはローゼマリーの珍しくはっきりとした物言いに驚いたのか、軽く目を見開いて、何かに気付いたように眉間に皺を寄せた。

「俺はまた何かお前を傷つけるようなことを言ったか？」

「え？」

「さっきまではバケツを被っていいか、と聞いていたではないか。人前に出るというのに、急にやる気になられると、また何か無神経なことを言ってしまったかと焦る」

　クラウディオは気まずそうに視線をそらした。

　――悪意を抱く者を瞬時に見分けられるのは、面倒がなくて羨《うらや》ましい。

　何の気もなしに、クラウディオにそう言われて傷ついたのは記憶に新しい。だが、クラウディオの人となりがよくわかった今、そんなことはもう気にしてはいなかったが、彼はそうではなかったらしい。

　重ねただけだった手に力がこもり、ローゼマリーはそれに応《こた》えるように握り返した。

「そんなことは口にしていませんので、安心してください。急にやる気になったのは、魔力をお返しする手がかりが見つかるかもしれないと思って……。置いていかれて、また何も知らないままクラウディオ様にご迷惑をかけることになるよりはよほどましです」

自覚がないままクラウディオの魔力を奪ってしまったり、『魔力封じの種』と同じ物だと知らずにカオラのお茶を飲ませて命の危機にさらしてしまったり、知らないままでは済まされないことばかりをしている。置いていかれたら、なおさら何か失敗をしそうな気がする。

「――それに、クラウディオ様が一緒ならば、どんな場所でも怖くはありません」

クラウディオは強い人だ。どんな窮地にあっても諦《あきら》めずに努力することを知っている。異形の頭を恐れられることに俯いて隠れるより、受け入れてもらえる方法を探す。

（いつまでもぐずぐずとして情けないと嘆くままでいたくない）

魔力を返すまではクラウディオの側にいるのなら、強くなりたい。

じっとクラウディオを見据えてはにかむように笑うと、クラウディオは片手で顔の下を覆い、そっぽを向いてしまった。目元がほんのりと赤い。

「わかっている。どうせカオラやバケツと同等だ。真に受けるな、俺」

ぶつぶつと小さく呟《つぶや》いているのが聞こえてきて、ローゼマリーは首を傾《かし》げた。

「あの、カオラとバケツはこうして手をつないだり、喋《しゃべ》って楽しいと思うことができませんから、クラウディオ様と同じではないと思うのですが……」

クラウディオが探るようにこちらを見た。

「楽しいのか？」

「はい、クラウディオ様と話すのは色々なことが知れるので、好きです。クラウディオ様は嫌でしたか？」

自分の記憶が正しければ、一緒にいて楽しいと言ってくれたと思っていたのだが、あれは覚え違いだったのだろうか。

なぜか虚を突かれたような顔をしていたクラウディオが、夢から覚めたかのように目を瞬き、そうしてどこか言いにくそうに口を開いた。

「ローゼマリー……」

「はい」

「首を寄越せ」

「はい!?　嫌です！」

驚きに思わず身を引いた。何か首をはねられるほど気分を損ねさせることを言ってしまったのだろうかと思って、戦慄《せんりつ》する。

「悪い、間違えた。少し首を伸ばせ」

ばつが悪そうに眉間に皺を寄せたクラウディオに言われるまま、おそるおそるテーブル越しに身を乗り出すと、首に何か掛けられた。思わず瞑《つむ》ってしまった目を開けてみると、胸元で銀の輝きが揺れていた。首に掛けられたのは、銀の鎖のペンダントだった。鎖の先に下げられた指先ほどの鳥かごのような物の中に、何か楕円形《だえんけい》の茶色い物が閉じ込められている。少し力を入れたら壊れてしまいそうな銀細工の檻《おり》をそうっとつまむと、ふわりと甘い香りが漂った。

「これ……、中に入っているのは、もしかしてカオラですか？」

「旅先にはカオラの茶は持っていけないだろう。だから、その代わりだ」

「そうですけれども……。すでに色々といただいていますし、これ以上はいただけません」

悪戯《いたずら》めいた笑みを浮かべたクラウディオに、ローゼマリーは困ったように眉を下げた。温室まで貰《もら》っているのだ。何一つとして自分は返せていないのに、これ以上は心苦しい。

ペンダントを外そうとすると、クラウディオにその手を止められた。

「精神安定剤第二位なのだろう？　薬だと思って受け取れ。そのほうが俺も助かる」

「助かるのですか？　ええと、それなら……。ありがとうございます。大切にします」

自分が落ち着いているほうがたしかにクラウディオの助けになるだろう。それならば素直に受け取れる。礼を口にすると、クラウディオは明らかにほっとしたように笑った。

「聖地ではご迷惑をおかけしないように、努力しますから！」

「そう気負うな。予測していたように前任――レネ殿に会えるとも限らないからな。それに聖地は海の側だ。景色を楽しむくらいの気軽さでいい。そうだ。この前、本に載っていたあの花が見られるかもしれないぞ」

「花、ですか？　ええとそれは……」

考えながら、ローゼマリーは席を立った。部屋の片隅から一冊の本を持ってくると、クラウ

ディオの前で広げて見せた。そこには、薄く青味がかった白っぽい五枚の花弁がまるで人の顔のようにも見える花が描かれている。

「これのことですか？」

「ああ、これだ。海辺でしか咲かない花なのだろう？」

「そうです！　ビオラの一種で、花びらがガラスみたいに透明なんです。風が吹くと、花びらがこすれて綺麗な音がするそうなので……」

珍しいビオラの挿絵を興味深そうに眺めるクラウディオに、ふと我に返って嬉々《きき》として開いていた本を慌てて閉じた。

「どうした？」

「あの、一応は公務ですし、個人的な趣味は控えます。――あ、そろそろ執務のお時間では……」

半ば早口でそう促すと、クラウディオは不審そうな顔をしながらも立ち上がった。それにつられて立ち上がる。

（観光目的ではないのだし、浮かれている場合じゃない。気を引き締めないと……）

見送ろうと後をついていったローゼマリーは、ふいに扉の前でくるりと振り返ったクラウディオにぶつかりそうになって、たたらを踏んだ。その拍子に、首の後ろがつきん、と痛んだ。

「……っっ」

「そういえば温室の——。なんだ、首の後ろがどうかしたのか？」

「鎖が髪に引っかかってしまったみたいで……。あ、気にしないで行ってください」

首の後ろに手をやって探ってみるが、なかなか取れない。

「そんなに無造作に引っ張るな。綺麗な髪が傷む」

「き、綺麗などでは……」

「ほら、後ろを向け。取ってやる」

珍しく褒められたことに動揺したまま、後ろを向く。軽く俯いて下ろしていた髪を前に流すと、クラウディオのひやりとした指先が首筋に触れて、心臓が飛び上がった。

（何だかわからないけれども、少し恥ずかしい……）

自分では見えない場所だ。しかも、公式の場に出る時にしか髪も上げない。普段は見られない場所を見られていることに、気恥ずかしさを覚える。

「ま、前にもイチイの枝に引っ掛けてクラウディオ様の手を煩わせてしまいましたし、これからはまとめておきますね」

躍る心臓をごまかすように話しかけると、集中しているのか、返答にわずかな間があった。

「……いや、そのままでいい。隠しておいてくれ。——目に毒だ」

触れていた指先が離れる。それと同時にクラウディオが横を通り過ぎ、部屋の外へと出ていった。

(目に毒？　目に毒って、何？　見苦しいとか、そのままの意味？　それとも本当の……)

混乱する頭を抱える。身動きすると、ふわりとカオラの香りが身を包んで、首の後ろがじわりと熱くなった気がした。とっさに両手で首の後ろを押さえる。

ふいに閉じたはずの扉が開いた。

「姫さま、新婚旅行に行くんですか!?」

「――っ、ハイディ、バケツを持ってきて！」

うきうきとしたように部屋に飛び込んできた腹心の侍女に、ローゼマリーは半泣きになりながらすがりついた。

＊＊＊

(わたしは何を思い出しているの……)

聖地へと向かう馬車の中で、聖物礼拝に出席する経緯や決意をつらつらと思い出していたローゼマリーは、余計なことまで思い出して赤面した。

「ローゼマリー、少し休憩するぞ」

「――っ、は、はいっ」

ふいにクラウディオに声を掛けられて、ローゼマリーは慌てて腰を上げた。自分が考え事をしている間に馬車が止まったらしい。先に降りてこちらに手を差し出してくるクラウディオの手を借りて外へ出ると、随行した執政官や警護の騎士たちの他に、馬車の側に控えるアルトとフリッツを見つけた。エーデルトラウトも同行していたはずだが、姿が見当たらない。ハイディはどこだろうと見回そうとすると、彼女は横合いから静かに進み出てきた。そうして手にしていた暖かそうなケープを羽織らせてくれた。その瞳が好奇心に揺らめいている。

「ありがとう、ハイディ」

「いいえ、風が冷たいですから。でも、とっても綺麗な景色ですよ！」

はしゃいだ声を上げたハイディを残して、クラウディオに導かれる。

そこは小高い丘の上だった。背後には『禁忌の森』ほどではないが、鬱蒼《うっそう》とした森が広がっている。丘の下には、真っ白い漆喰《しっくい》で塗られた壁を持つ街並みが見え、その先に広がるのは空の青とは違う、紺碧《こんぺき》に輝く――。

「あれが、海なのですか？　初めて見ます」

どこまでも続く水の原。時々白い物が見えるが、あれは波がたてる泡だろうか。正午の日の光を受けて輝くさまは瑠璃《るり》の煌《きら》めきよりも深みのある色で、美しかった。

馬車の窓は帳を下ろしていたので、外の景色は見ていなかったのだ。綺麗だと思う半面、とうとう来てしまったのだと、身震いがしてくる。

「そのようだな。俺も初めて見る。すごいな」

傍らに立ったクラウディオから上がった感嘆の声に、ローゼマリーは意外に思って顔を見上げた。

(そういえば、クラウディオ様は国から初めて出たのよね)

魔力を奪われたことによって頭が獣になっただけではなく、体調不良も引き起こしていたのだ。外交などできるはずもない。

「あの、お体の調子は大丈夫ですか?」

「ああ、問題ない。お前がいてくれるおかげだな」

「いえ、あの、もともとはわたしのせいなので……」

気分が高揚しているのか、珍しく屈託のない笑みを向けられて、落ち着かなげに視線をそらす。

「それは気にするな。そんなことより、この下の町が聖地になるそうだ。大聖堂はあの岬の先だ」

指し示されたほうを見ると、岬の先に尖塔《せんとう》が見えた。だが、聖地の大聖堂という割には、建物はそれほど大きくはない。婚儀を挙げたバルツァーの聖堂よりも質素だ。

「ずいぶんと、その、可愛《かわい》らしい建物ですね」

「そうだな。ここから見える分にはな」

クラウディオの含みのある笑みを目にし、ローゼマリーは唇を引き結んで再び聖堂へと目を向けた。

これからあそこまで行くのだ。唯一神からの啓示を受けた聖者が開いたというあの場所へ。バルツァーではクラウディオの異形の頭はそこそこ受け入れられている。だが、あそこではおそらく嫌悪の対象だろう。どんな扱いを受けるかわからない。

「聖地の方々は――」

傍らのクラウディオを振り仰ごうとした時、ふいにくらり、とめまいがした。

ふっと脳裏に今背後にある森よりもなお濃い緑をたたえる『禁忌の森』が浮かぶ。それと相対して、薄暗い森の中にあっても輝くような白銀の毛並みの聖獣が佇《たたず》んでいた。

軽やかな一対の翼を揺らし、ゆったりとした足取りでローゼマリーに近づいてくる聖獣に、畏怖《いふ》と高揚と、様々な感情が入り混じる。

その向こうには焦った顔で駆け寄ってくる、幼いクラウディオの姿。

聖獣の、見上げるほどの巨体がすぐ側でその顎《あご》を開き――。

「聖地の奴《やつ》らがどうした」

クラウディオの問う声に、はっと我に返ったローゼマリーは、そのまま目に飛び込んできたものに瞠目《どうもく》した。

クラウディオが訝しそうに見下ろしてくる。その瞳は、色こそ青いが白目のない獣眼。皮膚は短い銀毛に覆われ、豊かな鬣《たてがみ》の合間から黒曜石のような羊の巻き角が生えている。バルツァーで聖獣とされる銀獅子の頭そのものだ。

ローゼマリーは慌てて目をこすった。しかし目の前のクラウディオは銀獅子の顔まま。

(今のは、子供の頃《ころ》の、出来事？　それに、どうして、わたしの目にも聖獣の顔に見えるの？)

「クラウディオ様、少し頭を下げてください」

「頭？　これでいいのか？」

身をかがめたクラウディオの顔に恐る恐る手を伸ばす。指先に、見た目よりも柔らかな白銀の毛並みが触れた。さらりとした極上の手触りを呆然《ぼうぜん》としたまま撫《な》で、氷のように冷たい巻き角にぶつかって、ようやく実感する。

「夢じゃ、ない。目が……」

これが他の皆の見ている獣の頭の王子の姿なのだ。頭部が獣、体は若々しい青年のその姿は、たしかに恐れを抱かせるには十分だ。

クラウディオが自分に負の感情を向けているから、銀獅子の頭に見えるのではないのはわかる。そうならば、頭に触れた時に見えているはずだ。

「一体何なんだ。突然人の頭を撫でまわし、て……」

ローゼマリーの手を迷惑そうにつかんだクラウディオの声が途切れ、はっとしたように見下ろしてきた。勘のいいクラウディオのことだ。気付いたのだろう。

「まさか……。お前の目にも、銀獅子の頭に見えるの、か？」

強ばった声。目を覗き込んできたクラウディオに、ローゼマリーは思わず小さく肩を揺らした。その些細《ささい》な仕草に、軽く俯いたクラウディオがそっと手を離して顔をそむける。

「――見るな」

苦々しく拒否の言葉を口にし、ローゼマリーの視線から逃れるように後ずさる。見事な鬣が秋風に揺れた。

「クラウディオ様」

「見ないでくれ」

離れようとするクラウディオの服をとっさに握りしめて前に回り込むと、彼は片腕で顔を隠してしまった。怯《おび》えるように、獣の耳が後ろに伏せられている。

誰に嫌悪の視線を向けられ、陰口をたたかれようとも、まったく意に介さないクラウディオの予想外の仕草に、ローゼマリーは胸が締め付けられた。

（わたしが獣の頭を怖がるから見るなと言っているの？　それとも他の方と同じような目を向けられるのが怖い？）

見ないでほしいというのは、どんな思いで言っているのだろう。信じているから嫌悪の目を向けられたくないというのなら、ローゼマリー自身にも覚えはある。信じていたのに、突然獣の頭に見えるのはとてつもなく怖かった。

　ローゼマリーは精一杯手を伸ばすと、そっとクラウディオの鬣に触れた。

「すみません。髪？　それとも鬣でしょうか？　を乱してしまって。――それにしても、困りました」

「困る？」

　意外な言葉だったのか、顔から腕を外したクラウディオが目を見開いた。獣の頭は表情がよくわからないが、おそらくは驚いているのだろう。

「はい、困ります。顔色が悪いと指摘して、クラウディオ様を休ませる理由を作れませんから……」

　クラウディオは顔色がわからないのをいいことに、無理をしようとするのだから。

「でも、こんなにふわふわで手触りがいい毛並みを知ってしまうと、撫でたくなってしまって、それも困ります」

　手を伸ばして自分がかき混ぜてしまった鬣を柔らかく撫でつけていると、ふいにクラウディオにその手を取られて、肩口に顔を寄せられた。ちくりと少しだけ髭《ひげ》が頬に当たる。

「クラウディオ様？　具合でも悪いのですか？　あ、馬車に酔いました？」

「お前は……怖くはないのか？　獣の頭だぞ」

　耳元で響く低い声に、ローゼマリーは背中をさすろうとする手を止めた。

「怖くはありません。わたしが怖いのは悪意や嘘《うそ》が獣の姿になって目に見えることです。言葉と心がちぐはぐなのがわかってしまうのが怖いのです。ずっと変わらないのであればどちらの顔でもかまいません。クラウディオ様ご自身が変わったわけではありませんから」

クラウディオのすべてを知ったわけではないが、それでも多少はわかったと思う。自分に厳しく、努力することを怠らない。畏怖の視線を向けられても、ものともしない。むしろそれを利用さえする。そして口では悪態をついても、根は優しいのだ。たかが顔が変わったくらいでは、怖いとは思わない。

「――やっぱり、お前といると息が楽だ」

安堵したような声と共に、すがるように強く抱きしめられる。やはり具合が悪かったのかと焦った時、ふと、こちらに周囲の視線が集中していたことにようやく気付いた。少し離れているので会話は聞こえないだろうが、遮蔽物《しゃへいぶつ》などないのでこちらの様子はよく見える。

執政官や騎士が、慌ててさっと視線をそらす。ハイディとフリッツがにやつきそうな笑顔を必死で隠しているのが丸わかりだった。それを見て、じわじわと羞恥がこみ上げてきた。

「あ、あのっ、ちょっと離れましょう。具合が悪いのでしたら、馬車に戻って……」

「嫌なのか」

「嫌ではないです、けれども……。クラウディオ様が趣味ではないと言った見世物になっていると思うのですが」

「今だけなら、見世物でもどうでもよくなった。嫌ではないのなら、もう少し補充させろ」

「魔力の補充でしたら、手をつなげば――」

言い募ろうとして、ふいに耳を打った荒々しい蹄《ひづめ》の音にローゼマリーは口をつぐんだ。馬車の側に控えていたアルトが実直そうな面輪に鋭い表情を浮かべて、クラウディオの前で身がまえた。それに倣うように騎士たちが音が響いてくる森へと注意を向ける。

（何か、来る！）

茂みが大きく揺れ、飛び出てきたのは立派な牙《きば》を持った巨大な猪《いのしし》だった。何か白っぽい物が顔のあたりに張り付いている。

「アルト」

「はっ」

クラウディオの落ち着いた呼びかけに短く応えたアルトが、こちらに突っ込んでくる猪の進路に立つ。

「危ない……っ。え⁉」

弾《はじ》き飛ばされる、と思った次の瞬間、アルトが猪の牙をがしりとつかみ、背負うように投げ飛ばした。猪が音を立てて地面に叩《たた》きつけられる。そして痙攣《けいれん》したまま起き上がらない。

（え？　え？　え？　嘘でしょう⁉）

唖然《あぜん》としてぽかんと口を開けると、静まり返っていたその場に笑声が響いた。

「いやあ、お見事！」

面白そうに拍手をしていたのは、きらびやかな僧服をまとった泣き黒子の聖職者フリッツだった。それを皮切りに周囲の緊張感がほっと緩む。

「アルト君は相変わらずの胆力だねえ」

「いいえ、褒められるものでは……」

感心するフリッツに対し、恥じ入るようなアルトをいまだに呆気に取られて見ていたローゼマリーは、クラウディオに肩を軽く揺すられてようやく我に返った。

「ク、クラウゼン様が、猪を……」

「知らなかったのか？　あいつはどちらかといえば剣技よりも体術のほうが得意だ。だから御前試合も参加しなかっただろう」

「それでも、素手で猪に立ち向かって、投げ飛ばす騎士など聞いたことはありません……」

頭に血が上りやすくて手や足が出てしまうから、試合にはならない、とは本人から聞いたが。

「いつだったかの野外演習では熊《くま》と遭遇してほぼ無傷で勝っていたな。その時も素手だった」

「クラウゼン様は野生児か何かなのですか？」

いかにも騎士然としたアルトの見掛けからは想像もつかない。ローゼマリーがひくり、と唇を引きつらせると、アルトがどこか嬉し気にこちらを振り返った。

「殿下！　これはどう致しますか？　食されますか？」

「……昏倒《こんとう》しただけだろう。森へ帰せ」

呆れたように指示を出すクラウディオに、アルトが心なしか残念そうに肩を落とす。その頭がみるみると立派な角を持つ鹿《しか》に変わっていく。

(クラウディオ様はスープ以外は食べられないし、食べたかったのはクラウゼン様のほうだったのかしら……。え、もしかして、熊は食べたの？)

野趣溢《あふ》れる食卓を思い浮かべそうになって、首を横に振る。

昏倒した猪を森へと帰すべく、警護の騎士たちが手をかけるのを見ていると、猪の体のあたりから、ふっと何か白い物がこちらに飛び出した。クラウディオが防ごうとして反射的に腕を出す。しかし唐突に吹いた風によって、それは木の葉のように空高く舞い上がった。

「よく、飛んだ」

抑揚のない声が響く。クラウディオの側に片手を空に向けた陰気な魔術師エーデルトラウトが忽然《こつぜん》と現れていた。そこでようやく筆頭魔術師が魔術で風を起こしたのだと気付く。

ローゼマリーが驚きに詰めていた息を吐き出すと、クラウディオが不機嫌そうに嘆息した。

「何だ？　今のは。それよりエーデ師はどこへ行っていたんだ。ローゼマリーの目が――」

「町へ偵察。――あ」

クラウディオの言葉をさえぎるように答えたエーデルトラウトが、わずかに驚きの声を上げる。ふいにぼとり、とローゼマリーの頭の上に何かが落ちてきた。

「えっ、な、何!?」

とっさに振り払うと、それは地面へと力なく落ちた。ふかふかとした白い体毛に、背中を覆うモップのような尾。地面と一体化するかのごとく伸びた体には、手から足にかけて薄い被膜があった。その小さな額には花のような銀色の模様が浮かんでいる。

「モモンガ……?」

「少し白っぽいが、モモンガだな。飛んできたのはこれか。もしかして猪の顔に張り付いていたのもこれか? 人騒がせな……。ああ、エーデ師、猪を運ぶのを手伝ってやってくれないか」

拍子抜けしたローゼマリーは、迷惑そうなクラウディオと、こくりと頷《うなず》いてアルトたち騎士のほうへ行くエーデルトラウトをよそに、動かないモモンガを拾い上げた。

「無闇《むやみ》に触るな。噛まれて怪我《けが》をするぞ」

「ですが……、振り払ってしまいましたし。エーデ様にも吹き飛ばされていましたから……」

労《いたわ》るように手触りのいい毛並みを撫でていると、くるると腹が小さく鳴って、薄く目を開けた。ぱっちりとしたまん丸の目がこちらを捉える。かと思うと、胸元に飛びついた。正確には、服の下から出てしまっていたカオラの実のペンダントに。どうやら腹を空かせているらしい。

「これは駄目よ。ハイディ、何かないかしら」

「何もやらないでいい。さっさと森に帰して、出発するぞ」

クラウディオが苛立ったように鼻面に皺をよせ、モモンガの首根っこをつかんで引き離した。

威嚇するようにヂッヂッ、と鳴くモモンガを連れて、森のほうへと歩いていく。その最中、激しく暴れたモモンガがクラウディオの手から逃れて腕を駆け上がり、その鼻面を覆うようにぴったりと張り付いた。

「――っ！」

「クラウディオ様！」

「姫さま、クッキーがありましたよ！」

慌てて引っ張ろうとして、駆けつけてきたハイディからクッキーを受け取り、モモンガに差し出す。モモンガは警戒するように鼻をひくつかせたが、すぐにつられてローゼマリーの腕に飛び移った。解放されたクラウディオが、急に空気が肺に入ったせいか、盛大に咳《せ》き込む。

「だ、大丈夫ですか？」

「……一瞬、死ぬかと思ったぞ」

それはそうだろう。あれだけ隙間《すきま》なく顔に張り付いていたのだから。獣の頭だというのによくあんなに綺麗に張り付けたものだ。

「さっさと行くぞ。ここにいるとろくなことが起こらない」

不謹慎にも湧き上がった疑問に内心首を傾《かし》げていると、クラウディオが憤慨したようにローゼマリーの腕で一心不乱にクッキーを齧《かじ》るモモンガをひっつかみ、木の側へと行くと枝に置いた。そうしてさっさと馬車へと乗ってしまう。クラウディオを追って馬車に乗り込む際に、モモンガの様子が気になって森を振り返ったローゼマリーは、そこで微動だにせずに森に顔を向けたまま佇むエーデルトラウトの姿を見つけた。

（エーデ様？　何を見ているの？）

猪は運び終わったのか、どこにも見当たらなかったが、エーデルトラウトが見ている方向はたしかモモンガを帰した辺りだ。

「ローゼマリー、早く乗れ。エーデ師、話があるから一緒に乗ってくれ」

ローゼマリーはクラウディオに促されるまま、気になりつつも彼の手を借りて馬車に乗り込んだ。

＊＊＊

細かく揺れる馬車の中、向かいに座っていたエーデルトラウトがローゼマリーの話を聞き終えると、考え込むように俯いた。隣に座っていた銀獅子の頭のままのクラウディオが、同じく思考をめぐらすように眉間に皺を寄せる。

獣の頭になっても、皺はわかるらしい。

クラウディオの顔が自分の目にも銀獅子の顔に見える、そう訴えるとエーデルトラウトは詳細を話すように促してきた。

「馬車の中にいた時には、クラウディオ様の顔は人の顔に見えていました。少し、夢見は悪かったのですが……」

「ああ、人面獅子とか言って飛び起きていたな、そういえば」

「からかわないでください」

茶化すような口調のクラウディオを軽く不満げに睨むと、エーデルトラウトが顔を上げた。

「夢見……、もしかしたらフォラントの王女、アナタの精神状態のせいかもしれない」

どきり、とした。

（まさか、わたしはクラウディオ様の頭が元に戻らないほうがいい、と心の底から思っているの？）

元に戻らなければクラウディオの側にいられるのだから。

ただそれはクラウディオに魔力が戻らず、いずれは『魔力封じの種』に殺される、ということだ。あまりにも自分勝手すぎる。

膝の上に乗せた手に力を込めると、クラウディオがその手を軽く叩いてきた。

「思い詰めるな。焦らなくても、俺はまだ死なない」

表情はわからないが、なだめるような優しい声に、なおさら罪悪感が募る。

クラウディオはローゼマリーが早く魔力を返さないといけない、と焦るばかりにそんな状態に陥っているのだと思っているのかもしれない。

（ぐずぐずと悩むのはやめたはず）

唇を引き結んで、クラウディオに笑いかける。

「はい、少し落ち着こうと思います。きっと一時的なものですよね」

そう思うことにした。魔術というのは不可思議なものなのだから、何が起こってもおかしくはない。エーデルトラウトが頷いた。

「そうかもしれない。それか、聖地という場所に問題、あるかもしれない。もっと他に何か問題、あるかもしれない。それだけじゃ判断、できない。見えるようになる直前、何かあった？」

首を傾げたエーデルトラウトに、ローゼマリーはこれは関係あるのかどうかわからないまま、口を開いた。

「幼い頃に『禁忌の森』で迷った時のことを少し思い出しました。わたしが銀獅子に襲われそうになっていたところに、クラウディオ様が駆けつけてき……て……。え？」

言っているうちに矛盾に気付いた。クラウディオから聞いていたことと違う。

クラウディオの話では、『禁忌の森』に迷い込んだ自分を捜しにきたら、木の上で泣きわめいていた、と言っていた。銀獅子のことなど一言も口にしていない。

「それは本当にお前の記憶か？　夢、じゃないのか？」

「わかりません。そうなのでしょうか……」

クラウディオに疑わし気にそう言われてしまうと、今いち自信が持てなくなってくる。エーデルトラウトが、ふう、とため息をついた。

「記憶、なんてものは、曖昧《あいまい》。もしかしたらクラウディオの記憶だって違うのかもしれない。記憶のずれ、すり合えば事実、わかるかも」

思わぬ発言に、思わずクラウディオと顔を見合わせる。

「事実、か。たしかにあの時は魔力を奪われたことに動揺していたからな……。俺も何か忘れていたとしてもおかしくはないか」

「――あの、そういえば、エーデ様は当時のことをどのように記憶していますか？」

ローゼマリーの問いに、エーデルトラウトが考え込むようにかすかに首を傾げた。年齢はわからずとも幼げな仕草は、とても筆頭魔術師だとは思えない。

「ワタシ、その時『禁忌の森』にいなかった。建国祭の準備で、国王の側近たちと打ち合わせ。ただ、クラウディオには番人の詰め所には出入りしていい、と言っていた。銀獅子が騒いでいるのに気付いて駆けつけた時には、クラウディオ森の外に倒れていて、アナタの姿はなかった。だから、クラウディオとアナタ、面識あったのか、森で何があったのか、よくわからない」

「銀獅子が騒ぐ……？　あの、銀獅子は死んでいるのですよね？」

その言い方ではまるで生きているようだ。エーデルトラウトは少し間を置き、しっかりと頷いた。

「――死んでる。骨となった亡骸《なきがら》、ある。でも魂、彷徨《さまよ》ってる。禁忌の森から出ないよう管理するの、番人の役目」

「番人……」

ふとエーデルトラウトが真意を教えてくれない、不可思議なあの言葉を思い出す。クラウディオのいるこの場なら答えてくれるだろうか。

「あの、前にエーデ様が口にした――『近づく者は皆、聖獣の夢に食われる。ワタシ聖獣の夢の番人』とは、何なのですか？」

エーデルトラウトがくすりと笑い、傍らのクラウディオが嘆息をした。

「それはエーデ師がわざと意味ありげに言っているだけだ。噂《うわさ》で聖獣の亡霊が禁忌の森を徘徊《はいかい》しているから、近づくと襲われると言われている。実際に魔力がない者が入ると戻ってこないのだから、ただの迷信だとは切り捨てられない。それをふざけた言い方にしているだけだ」

「亡霊、と言うと怖がる人いる。柔らかく言い方、変えただけ」

しれっと答えるエーデルトラウトに、ローゼマリーは脱力してしまった。

（あまり、エーデ様の言葉を真に受けないほうがいいのかも……）

悩んでいる暇があったら、誰かに尋ねたほうがいいのかもしれない。

気を取り直すように息をついたローゼマリーは、クラウディオを不安げに見やった。

「もしかしたら、わたしが銀獅子に襲われた記憶があるというのも、バルツァーに初めて来た時にどこかで噂を聞かされたからなのでしょうか？」

クラウディオが髭を揺らして、鼻の頭に皺を寄せた。

「まあ、その可能性もあるが……。俺はそもそもあんなに薄暗い森に、子供がひとりで入っていったこと自体に違和感がある」

「たしかにそれもそうなんですけれども……。その理由を思い出せれば、もう少し何か見えてくるのかもしれませんね」

そしてこれから向かう聖地で前任の番人の話を聞けば、さらに解決の糸口が見えてくるかもしれない。

ローゼマリーは決意を新たにするように、大きく息を吸って唇を引き結んだ。

第二章　地下聖堂の光と闇《やみ》

その昔、切り立った崖《がけ》と一年中荒い波が押し寄せる海岸線、そして乾いた不毛の大地が広がるその土地に住む人々は、その日一日の食事にも事欠く、とても貧しい暮らしをしていた。

貧困に喘《あえ》いでいた人々だったが、それでも唯一神を崇《あが》め、聖堂には常にわずかばかりの葡萄《ぶどう》酒《しゅ》と少ない麦で作ったパンを捧げていた。

そこへ訪れたのは巡礼の旅をしていた聖職者カミルだった。

人々の貧しい暮らしに胸を痛めたカミルに、神の啓示が下りた。

――聖堂の土を掘り起こしなさい。

カミルが十人の従者とともに聖堂の庭を掘ると、雪のように純白の岩塩が出てきた。それは『白い金』と呼ばれ各地へと流通し、土地の人々の生活は潤った。

彼らはカミルとその従者を聖者と崇め、聖堂に祀《まつ》ったのである。

「その岩塩を採掘した際にできた坑道を利用して造られたのが、聖地の地下大聖堂なのですよね」

ローゼマリーは隣に座ったクラウディオにたしかめるように、そう話を締めくくった。馬車の窓に下ろされていた帳《とばり》の隙間《すきま》から差し込んだ陽光に、クラウディオが目を細める。白銀の毛並みが艶《つや》やかに光を弾《はじ》いた。その向かいの席には、エーデルトラウトがどこかだるそうに窓によりかかるようにして座っている。

ローゼマリーたちを乗せた馬車は、聖物礼拝の儀を見物しにきた人々で賑《にぎ》わう市街地を通り抜け、岬へと続くなだらかな丘を上っていた。

「そうだな。普通は海の近くで岩塩は採掘できない。湿気にやられてしまうからな。岩盤と岩塩が入り交じった特殊な土地だからこそ採れる。その跡地は『奇跡の塩』を採掘した場所だとして、聖堂を造るのにはうってつけだっただろうな」

「『聖物』は、その時に一緒に掘り出されたものなのですよね。海水を真水に変えることができるとか……」

「ああ、そうらしいな。ただ、聖物礼拝の儀を始めたのはここ十数年の間で、それまでは唯一神の啓示により秘されていたというが」

鼻面に皺《しわ》を寄せ、胡散臭《うさんくさ》いとでも言いたげなクラウディオに、ローゼマリーは軽く眉《まゆ》をひそめた。

「作り話だとでも言うのですか？」

「すべてがそうだとは限らないだろうが、大分誇張や虚偽は混ざっているだろう。その手の話は総じて信者を取り込むようにできている。それを信じるか信じないかは個人の自由だ。だから お前の信仰も否定はしない。安心しろ」

そう言うクラウディオの声は柔らかかったが、クラウディオ自身は頭から信じていないのだろう。もしかしたら唯一神さえも。

(ケストナー大司教様から嫌悪されていたし、信じられなくなるのも当たり前なのかも……)

幼い頃《ころ》から、聖職者に異形の頭は異端の証《あかし》だ、と言われていれば、そうなってもおかしくはない。

(信じられるのは、自分と、側近の方々と……。わたしは信じてもらえているのよ、ね？)

そう思える自信などないのだが。

眠ってでもいるのか、無言のエーデルトラウトをちらりと見やり、膝《ひざ》に乗せたバケツを抱く手に力を込める。

――ローゼマリー、俺《おれ》の側《そば》にいろ。いや、いてくれ。

ふっと脳裏に浮かんだ言葉が、もたげた不安を打ち消す。

(あの時、あの言葉を一番信じたがったのはわたしだから)

クラウディオが必要とするのなら、側にいる。その心は今でも変わらない。

緩やかな坂を上っていた馬車が、ゆっくりと停止する。どうやら大聖堂に着いたらしい。先にエーデルトラウトが扉を開けて降り立った。

緊張に体が強《こわ》ばった。覚悟を決めたとはいえ、完全に恐怖を払拭《ふっしょく》するまでには至っていない。

カオラのペンダントを服の上から押さえて、気を落ち着かせようと深呼吸をしていると、クラウディオがくすりと笑った。

「バケツを被《かぶ》らなくてもいいのか？」

「……っ、被ってよろしいのでしたら、被りたいです」

からかう口調に、肩に入った力がわずかに抜けた。そのことに感謝しつつ馬車から降り、近くで見てもやはり質素な聖堂の入り口へと進む。クラウディオの側近三人とハイディ以外の護衛の騎士や随行していた執政官はその場にとどまった。

聖堂の庭には山羊《やぎ》が放牧されており、牧歌的な雰囲気を醸し出している。母国フォラントでよくある光景に心が和み、なおさら落ち着きを取り戻す。

アーチ形の入り口では、何人もの司祭や司教といった聖職者が、無言で扉の前にずらりと並んで出迎えていた。

（やっぱり、全員獣の頭……）

だが、自分たちを歓迎していないからそう見えるのか、ただクラウディオの顔を恐れているだけなのか、どちらなのかわからない。

ともすれば、恐ろしさに伏せてしまいそうになる顔を必死で上げて、どうにか笑みを浮かべる。

「バルツァー王太子クラウディオ殿下、ならびに王太子妃ローゼマリー殿下、遠路はるばるご足労いただきまして、誠にありがとうございます」

口調だけは朗らかに進み出てきたのは、茶色の長い毛を持つ犬頭の聖職者だった。

「枢機卿《すうききょう》自らが出迎えとはいたみいる。先日は我が国への滞在を楽しまれたか」

「はい、特に御前試合では、クラウディオ様のご雄姿をとくと拝見させていただきました」

当たり障りのない会話をしながら、聖堂内へと招き入れられようとした時、ふと枢機卿が足を止めた。その視線がローゼマリーの背後に向けられる。外套《がいとう》の頭巾《ずきん》も取らずに、静かに佇《たたず》んでいたエーデルトラウトへ。

「そちらの藍色《あいいろ》の外套を着用された方は、魔術師でございましょうか」

「そうだが。何か？」

「大変心苦しいのですが、魔術師は聖堂内への立ち入りをご遠慮いただいております。どの国の方々もご承知されておりますので、どうかご容赦願えませんでしょうか。市街の宿をご案内いたしますので」

思わずエーデルトラウトを振り返る。陰気な藍色の外套を頭から被った姿は、改めて見ればかなり怪しげだ。なにせ口元以外肌が見えない。聞くのも憚《はばか》られて、いまだに性別もわからない。

「それはどういう理由だろうか」

「聖者カミル様が生きておられた頃からの規律でございますゆえ。なにとぞ、ご理解を」

はっきりとした理由を答えることなく、頭を下げる枢機卿を鋭く見下ろしていたクラウディオだったが、ちらりとエーデルトラウトを振り返ってすぐに口を開いた。

「魔術師、といえば、私も魔術師だが」

「ははは、聖堂内では魔術のご使用を控えていただけると信じております」

さりげない会話の中で、腹の探り合いをしているのに気付き、ローゼマリーは背筋が冷えた。

（ええと、魔術師の出入りが禁じられているのは、魔力が聖堂に影響を及ぼすから、ではなくて、ただ単に異端だから、なのよね？）

言葉をにごしてはいるが、そういうことなのだろう。ローゼマリーの生国のフォラントでも信仰に篤《あつ》い国だったので、魔術師は忌避されていた。自分もフォラントにいた頃は得体の知れなさに気味が悪いと思っていたが、今はそんなことは全く思わない。

「エーデルトラウト、聞いての通りだ。聖堂内で何か危険なことが起こるわけがない。警護は騎士だけで十分だ。宿で大人しく待機していてほしい」

エーデルトラウトの名に、ざわりと聖職者たちが息を呑《の》んだ。魔術国家バルツァーの筆頭魔術師の名は聖地にまで届いているのだろうか。

「――わかった。終わるまで、宿で大人しくしている」

エーデルトラウトが素直に頷《うなず》く。筆頭魔術師が側を離れるのをわずかに不安に思いつつ、その場に残して聖堂内に入ると、静寂に包まれた。室内に入っても内装は簡素だった。がらんとした丸天井のホールの中央に、上ではなく、地下へと降りる焦げ茶色の螺旋《らせん》階段がある。おそらくはあれが話に聞く地下大聖堂への入り口なのだろう。装飾といえば漆喰《しっくい》で真っ白に塗られた壁に掛けられた色鮮やかなタペストリーのみ。そこに描かれていたのは、上半身が馬、下半身が魚の尾をした奇形の獣だった。

枢機卿が「少々お待ちください」と言い置いて、なぜか焦ったように立ち並んでいた聖職者たちのほうへと行ってしまう。

緊張からわずかでも解放されてほっとしたローゼマリーが、毛の一本一本、鱗《うろこ》の一枚一枚まで細密に織られたタペストリーをまじまじと眺めていると、付き従っていたフリッツがそっと話しかけてきた。

「聖獣『海馬《かいば》』だよ。絵を見たことがないかい」

「あります。海の守り神とも言われていますよね。唯一神の聖堂なのに飾られているのが不思議で……」

「ここは海辺の町だからね。海馬は塩を作る、とかいう伝承があるくらいだし」

聖地教会ともなれば、唯一神以外を崇めるのは禁忌とされそうだが、海と共に生きてきた土地柄ならば、それもありえるのだろうか。首を傾《かし》げたローゼマリーは、ふと浮かない顔をしているフリッツに気付いた。傍らに立っていたクラウディオも気付いたのだろう。不審そうに目を眇《すが》める。

「どうした。不可解そうな顔をして」

「いや、ちょっと僕が知っている聖堂とは様子が違うかな、と思って。僕がここにいたのは何年も前のことだけれども、聖物礼拝の時期だっていうのに、こんなに静かなわけがない。巡礼者も増えるわけだし、聖堂はいつでも開放している。出迎えの聖職者たち以外、人っ子ひとりいないいなんておかしい」

いつもは飄々《ひょうひょう》としているフリッツが真剣みを帯びた口調で告げて、少し離れた場所で話し合いをしている枢機卿ら聖職者たちを胡乱《うろん》気に見やった。

「異形の来客がやってきたからではないのか。あまり一般の礼拝者には見せたくないのだろう」

「よくはないけど、それならそれでいいんだけどねぇ」

納得がいかなさそうなフリッツだったが、何事かを相談していた枢機卿が戻ってきたので、すぐに一歩身を引いて、後ろに控えた。

「お待たせいたしまして、誠に申し訳ございません。ただ今、クラウディオ殿下方にお付けいたします予定の世話役が姿を――」

「こちらにおります、枢機卿様。ご案内します部屋の最終確認をしていたもので」

地下へと続く階段から淡々とした声が聞こえてきたかと思うと、ひとりの青年が姿を現した。

長い白髪を後ろで編んで垂らした、痩身《そうしん》の青年だった。よく言えば儚《はかな》げ、悪く言えばすぐに風邪をこじらせて肺病でも患いそうな印象を受ける。彫りが深いわけではないが、それでもどこか静謐《せいひつ》な雰囲気を漂わせる整った面立ちだ。しかしその目つきはこちらを憎んでいるかのように鋭い。だが、人の顔には見える。ローゼマリーはそのことに嬉《うれ》しくなったが、すぐに疑問が浮かんだ。

（あんなに睨《にら》んでいるのなら、普通は獣の頭に見えるはずだけれども……）

内心で首をひねっていると、まるで足音をさせずに白髪の青年がすぐ側までやってきた。

「お初にお目にかかります。イルゼ・ランセルと申します。司教位を戴《いただ》いております。ご滞在の間、何かございましたら私にお申し付けください」

青年が決まりきった挨拶《あいさつ》を淀《よど》みなく口にしている間に、それは起こった。

鋭い目つきはそのままに、口元がぐんと横に広がり、幅広のくすんだ山吹色の嘴《くちばし》に変わる。雪のように真っ白だった髪がみるみると光沢のない、ふかりとした灰色の羽毛に変化する。イルゼと名乗った目つきの悪い儚げな青年は、後頭部でツンと跳ねた数枚の飾り羽が愛嬌《あいきょう》のある、鳥の姿へと変貌《へんぼう》した。本で見たことがある気がするが、とっさに名前を思い出せない。

怖いというよりも、わずかにほっとした。クラウディオも銀獅子《ぎんじし》の姿に見えるのだ。これ以上視覚がおかしくなってほしくない。

「これより先は、この私イルゼがご案内をさせていただきます。どうぞこちらへ」

灰色の鳥頭の青年がそっけなく聞こえてしまうほど事務的に言い放ち、踵《きびす》を返す。イルゼに続いて螺旋階段を下りるクラウディオについていきながら、ふとホールに目をやったローゼマリーは、そこに人間の頭に戻った枢機卿らの姿を見つけた。安堵《あんど》の表情を浮かべる彼らに、軽い苛立《いらだ》ちを覚えて小さく嘆息した。

＊＊＊

「こちらが聖者カミル様を奉りました、礼拝堂です。聖地で最大の礼拝堂となります」

相変わらず灰色の鳥頭の世話役イルゼが、何度も説明を繰り返してきたとわかる、淡々とした声でそう告げた。

まるで井戸の底へと落ちていくかのような長い螺旋階段を下りきり、アリの巣のように入り組んだ通路を抜けてさらに下へと階段を下りていくと、唐突に開けた場所に出た。

これまで通ってきた低い天井の通路と違い、二階分はあるのではないかと思うほど高い天井からは、細かな細工のシャンデリアがいくつも下げられ、そこに灯《とも》されたたくさんのロウソクの火が礼拝堂を幻想的に照らし出す。崩落防止の為《ため》に組まれた何本もの白い木枠が古代の神殿を思わせて、とても神秘的だ。その荘厳な様子は、地上の質素な建物からは想像もつかない。

「この壁の彫刻は塩か？」

ローゼマリーが圧倒されて声もなく立ち尽くしていると、クラウディオがわずかに驚きをにじませた声を上げた。

左右の壁一面に、聖者カミルが神の啓示を受けて岩塩を発見した物語が彫られていた。灯に照らされてきらきらと輝くのは、よく見れば岩塩だ。

尋ねられたイルゼはすでに人の顔に戻っていたが、やはり目つきは悪く、あまり表情が動かない。今は怖がってはいないようだが、何を考えているのか読み取れない、不思議な司教だ。

「はい、この礼拝堂にあるものはすべて岩塩からできております。壁の彫刻も、祭壇も、聖者カミル様の像も、そしてあのシャンデリアも」

シャンデリアも、と聞いてとっさに頭上を見上げたローゼマリーは、どう見てもクリスタル製にしか見えないそれに、唖然《あぜん》とした。

「ハイディ、姉上が素晴らしいと言うはずね」

「そうですね、姫さま。まさかハイディもこれを見られるとは思いもしませんでしたよ。本当に塩なのか、すこーしだけ舐《な》めてみたいと思いません？」

こそっと背後にいたハイディに話しかけると、そんな答えが返ってきて、ローゼマリーは思わず口元を緩めた。外に出ることに不安と恐れを抱いていたが、いざ出てしまえばこんな風に見たこともないものを見られるのだ。

「何か面白いものでもあったか？　ランセル司教が部屋へ案内するそうだ」

ふいにイルゼから礼拝堂の説明を受けていたクラウディオが、こちらに戻ってきた。

「あの、その前に聖者様の祭壇にお祈りを捧げてもよろしいでしょうか」

「ああ、かまわない」

快くクラウディオが頷いてくれたので、ローゼマリーはハイディを引き連れて祭壇へと歩み寄った。手を組み合わせて静かに祈りを捧げ、顔を上げた時、祭壇の後ろの聖者の像の足元に跪《ひざまず》く海馬の像を見つけた。

（こんなところにも……。え？）

唐突に、耳鳴りがした。次いで、耳の奥を突き刺すような音が頭に響き渡る。しかし辺りを見回しても、音の出どころはわからない。耳に手を当ててハイディを振り返ってみたが、彼女は特におかしな表情をしていなかった。

「あの、何か聞こえませんか？　動物の鳴き声のような……」

「いや、聞こえないが」

祈りの邪魔をしないように、少し離れた場所で待っていたクラウディオが腕を組んだまま首を横に振った。入り口近くで控えているアルトやフリッツも不審そうな様子は見られない。しかし、イルゼがああ、と確信したように口を開いた。

「それは風の音でしょう。見ての通り、この聖堂は坑道と入り組んだ地形を利用していますし、あちらこちらに通風孔も開いております。ここは地上から三層目ですが、最下層の十層目は今は階段が崩落して下りられませんが、海につながっているとも言われていますので、空気が抜けるのでしょう」

「風の音……？」

耳を澄ましてみたが、もう何も聞こえてこない。気にはなったが、イルゼの言う通りなのかもしれない。そう自分に納得させて、イルゼに案内されるままに客室へと足を運ぶ。

四層目の客室がある階に辿《たど》り着くまでにはやはり細い通路を通ったが、その通路沿いにも様々な彫刻が施され、目を楽しませた。

「先ほども申し上げましたが、聖堂内は入り組んでおりますので、迷いやすくなっています。お部屋を出られる際には、壁沿いにあるベルの紐《ひも》を引いてなるべく私をお呼びください」

夕餉《ゆうげ》の時に再び伺います、と言い置いたイルゼが客室から出ていくと、ローゼマリーは疲れたように息を吐いた。

客室はバルツァーで与えられた自室の居間とさほど変わらぬ広さで、これが地下とはとても思えない。寝室は隣の部屋らしく、寝台は見当たらず長椅子《ながいす》や一人掛けのソファやテーブルといった家具が置かれていた。そうして壁には通路や礼拝堂と同様に精緻《せいち》な草花の彫刻が施されている。部屋の中央の壁には、やはりここにも海馬のタペストリーが飾られていた。

「疲れたか？　お前はここで少し休んでいろ。俺は上に残してきた者たちと今後の話をしてくる。フリッツ、ここにいたことがあるのなら道はわかるだろう。案内してくれ。アルトは警護に残れ」

　クラウディオがそう言って休む間もなく部屋を出ていこうとするので、ローゼマリーは慌てて立ち上がった。

「あのっ、わたしも行きます。邪魔はしませんから。一緒に行ったほうがクラウディオ様も疲れにくいと思いますので……。それに、置いていかれると不安です」

　疲れていてもクラウディオはあまりそう口にしないのだから、このまま置いていかれて、自分のいないところでクラウディオが倒れてしまったらと思うと、不安になる。

　じっとクラウディオの獣眼を見つめると、彼はなぜかたじろいだようにさっと顔をそらした。

「いや、お前はここにいてくれ。フリッツがさっき聖堂内の様子がおかしいと言っていただろう。杞憂《きゆう》だとは思うが、もしお前に何かあったら魔力を失う。俺に迷惑をかけたくなかったら、ここにいろ。いいな」

　クラウディオは早口でそう告げると、颯爽《さっそう》と身を翻《ひるがえ》し、あっという間に部屋の外へと出ていってしまった。

「ちょっと、殿下！　ええと、奥方殿、今のは気にしないで、大人《おとな》しく待っていてくれるかな」

苦笑いをしたフリッツがクラウディオを追いかけていくと、アルトもまた申し訳なさそうに一礼をして、外で控えていますので、と辞去した。

慌ただしく三人が出ていってしまうと、口を挟む隙《すき》を見失っていたローゼマリーはわずかに肩を落とした。

「ハイディ、わたしは出すぎたことを言ったのかしら」

「いいえ、ちっとも。クラウディオ殿下の捉え方の違いですよ。ただ、少しだけ姫さまの言葉が足りないだけで。ほら、いつものあの悪い癖ですよ」

にこやかに言い切ったハイディをローゼマリーは不可解そうに見ながらも、いつもの悪い癖――自分の意見を通す為にわざと辛辣《しんらつ》な物言いをしているのだと思い直して、気を取り直すように大きく嘆息した。

＊＊＊

客室から出たクラウディオは、動植物や唯一神にかかわる逸話が彫られた白い通路を歩いていたが、しばらくして立ち止まった。そのまま壁に寄りかかるように頭を預けて片手で顔を覆う。

「勘弁してくれ……」

「本当に勘違いしそうになるね、あれは。だからって、逃げることはないんじゃないのかい」

追いついてきたフリッツの苦笑交じりの声が聞こえてきて、クラウディオは大きく嘆息した。

「逃げたくて逃げているわけじゃない」

「手を出したくなりそうで、困るからかい？　出しても誰《だれ》も困らないと思うよ」

クラウディオは簡単そうに言ってくれるフリッツを軽く睨みつけた。

「ローゼマリーが困るだろう。魔力を返すことができたとしても、フォラントに帰れなくなる」

手を出さずにいれば離縁はそれほど難しくはない。今の時点で希望を絶つことはしたくない。

「帰すつもりなんか本気で一切ないくせに。奥方殿は本当に面倒な男に捕まったよね」

「そうだな」

含み笑いをするフリッツに皮肉気な笑みを返して、歩き出す。先導するようにフリッツが追い越した。

＊＊＊

「イルゼ・ランセル司教様からお部屋付きの小間使いにと命じられました、アデリナと申します。清めの聖水をお持ちしました」

はきはきと挨拶をしたのは、豊かな栗色《くりいろ》の髪を左右に分けて編んだ、自分よりも一つ二つ年下の少女だった。少し吊《つ》り目気味な大きな茶色の瞳《ひとみ》が、緊張に揺れている。ローゼマリーは彼女が手にしている盆の上のゴブレットを落としてしまわないかと、ひやりとした。

クラウディオが出掛けてしまってから、ハイディと共に荷ほどきをしていたローゼマリーの元にその少女がやってきたのは、そろそろそれも終わる頃だった。

「よろしくお願いします。アデリナさん」

「アデリナと呼び捨ててください、奥方様。小間使いですから、敬語もいりません」

溌溂《はつらつ》とした笑みを向けられて、ローゼマリーはつられて笑みを浮かべた。こちらまで元気にしてくれるような印象の少女だ。少しだけフォラントにいる妹を彷彿《ほうふつ》とさせる。

「それならええと、アデリナ、清めの聖水って何？」

「聖物で清められたお水です。聖堂に滞在される方々にふるまわれています。身を清める為にお飲みください」

聖物、と聞いて思い出した。確か海水を真水に変えることができたはずだ。それがこれなのだろう。

「わかったわ。後で飲むわね。持ってきてくれてありがとう」

「お礼など、とんでもありません。それで、あの……」

テーブルに盆を置いたアデリナがふいに言いごもったかと思うと、何かを探すようにきょろりと視線を動かした。その顔があっという間に短いオレンジ色の毛に覆われる。小さな円《まる》い耳と、これまたまん丸の円《つぶ》らな瞳をもったイタチの顔へと変貌を遂げたアデリナに、ローゼマリーは少しだけ緊張をにじませた。何を探しているのか、すぐに見当はついた。

「クラウディオ様なら外出されていますから、怖がらなくても大丈夫よ」

「あっと、あはは、すみません」

ほっとしたように息をついたアデリナの顔はそれでもイタチのまま、元に戻らなかった。恐れというのは簡単には払拭できないのは重々承知していたが、それでも落胆してしまう。

「怖がるのも仕方がないわ。クラウディオ様に何か伝えることでもあるの?」

「いいえ、ありません。お掃除等で出入りをしますので、ご挨拶をしておくようにと、イルゼ司教様に言いつけられていただけですから。それより、お荷物を片付けられていたようですが、お手伝いすることはありますか？」

　慌てて取り繕ったアデリナが、まるでイタチそのもののように背筋を伸ばして問いかけてきたので、ローゼマリーはそれ以上追及せずにハイディを振り返った。

「大丈夫よね？」

「はい、大丈夫です。もうほとんど終わってますし」

　ハイディの返答を受けて、アデリナは小さく頷いた。

「それでは、失礼します。何かありましたら、伺います」

　挨拶を終えてほっとしたのか、すうっとイタチの顔から人間の顔に戻る。ふと、手を前で重ね合わせ、綺麗《きれい》な礼をするアデリナの髪紐が取れかかっているのに気付いた。

「待って、髪がほどけかかっているわ。──はい、これで大丈夫。綺麗な髪ね」

　手を伸ばして紐を結びなおすと、アデリナが大きく目を見開いて硬直した。

「ごめんなさい、驚かせてしまったみたいで。わたしの妹に雰囲気が似ていたから、つい……」

「お、お手を煩わせてしまって、申し訳ございません。ありがとうございます」

　今度はあたふたと礼をしたアデリナが、部屋から出ていこうと扉を開きかけて何かを絶ち切るかのように首を横に振ったかと思うと、こちらを振り返った。その顔が再びイタチの顔へと変貌する。何を言われるのかと、ローゼマリーは身がまえた。

「あの……この聖堂に入られた時に、何か違和感がありませんでしたか」

「違和感？　フリッツ様――バルツァーから連れてきた聖職者なのだけれども、その方がこの時期にしては静かすぎて様子がおかしい、とは言っていたけれども……」

もしかして、フリッツの予想は当たったというのか。嫌な予感に、ローゼマリーは思わずカオラのペンダントを握りしめた。

「それなんですけれども……。今、聖堂内に立ち入る人を制限しているからなんです」

硬い声で告げるアデリナを前に、戸惑ったようにハイディと顔を見合わせる。

「気分を悪くされるかもしれませんが……。実は昨日《きのう》、聖者様の奉られた礼拝堂の祭壇に、ネズミの死骸《しがい》が置かれていたそうなんです」

ローゼマリーは驚いて息を呑んだ。つい先ほど見たばかりの聖者カミルの礼拝堂だ。さっき見た限りではそんな名残など全くなかったし、イルゼも一切そんなことは口にしなかった。

「ネズミ捕りの猫はいますけれども、ちょっと特殊な死に方で……」

その先を口にするのが憚られたのか、アデリナは一瞬だけ唇を噛《か》んだ。そのことに、それ以上聞きたくないような、避けたいような思いが湧《わ》き起こり、無意識のうちに二の腕をさする。

「両方の目がえぐり取られて、なかったそうで……」

「……っ!?」

ローゼマリーはとっさに口元を押さえた。痛ましい、と思う半面、ぞわりとした悪寒がしてくる。とても猫の仕業とは思えない。

「アデリナさん、ちょっとそれは姫さまには……」

非難めいたハイディの声がしたかと思うと、そっと肩を支えられた。アデリナがはっとして頭を下げる。

「申し訳ありません、こんな話をして。でも、まだ犯人が見つかっていないので、おひとりではあまり出歩かないほうがいいと思います」

言い募るアデリナは親切心からなのだろう。彼女自身も恐れているはずだ。その証拠に、いまだにイタチの頭に見える。

「……忠告してくれて、ありがとう。あなたも気を付けてね」

ローゼマリーはこみ上げてきた吐き気をこらえて、ひきつりそうになる顔にどうにか笑みを浮かべた。

今度こそアデリナが退出してしまうと、ローゼマリーは無言で扉に背を向けた。

「姫さま？　大丈夫ですか？」

ハイディの案じる声を尻目《しりめ》にそのままふらふらと寝室に駆け込むと、寝台の枕元《まくらもと》に置いておいた愛用のバケツを頭に被って、その場にしゃがみ込んだ。

（ネズミの目がえぐり取られていたって、怖すぎる……っ。何が起こっているの？　ここは聖地よね？　そうよね？）

大きく身震いをして、バケツの縁を持つ手に力を込める。

互いの腹の探り合いが日常だというバルツァーの王城でも、こんな猟奇的で気味が悪い事件は起こらなかった。起こっているのが聖地だということが、なおさら異常性を感じさせて、恐ろしい。

どれくらい蹲《うずくま》っていたのか、ローゼマリーはふとあることに気付いて、はっと我に返った。

(あ、このことをクラウディオ様に伝えにいったほうがいい？　フリッツ様も気にしていたし……。何かあってからでは遅いし。そうよ、行かないと)

怖がっている場合ではない。少しでも早く知らせておいたほうがいい。

そう思い至ると、震えは嘘《うそ》のようにおさまった。やはり、クラウディオの為ならどんなことでも怖くはない。自分を鼓舞するように大きく息を吸って、勢いよく立ち上がる。――と。

「――っ！」

「いっ……!?」

唐突に後頭部に走った衝撃に、ローゼマリーは再びその場で蹲った。

(痛い……。前にもこんなことがあったような……)

痛みをこらえて涙目になりつつも、振り返る。バケツをそっと押し上げてみると、いつの間に戻ってきたのか、顎《あご》を押さえてしゃがみ込む自分の夫の姿があった。

「クラウディオ様！」

バケツを放り出して、青ざめつつクラウディオの前に転がるようにして駆け寄ると、彼は顎を押さえたまま片手を前に突き出した。いまだに銀獅子のままの顔だが、明らかにその目には涙がにじんでいる。そうとう痛かったのだろう。

「近寄るな、ですか？　すみません！　気配に気づかなかったものですから……。あの、痛い、ですよね」

冷や汗をかきながら、それでも心配のあまりじりじりと近寄ると、顎を押さえていたクラウディオがようやく口を開いた。

「……お前、もうバケツは本気で衣装箱にしまえ。今すぐに。あれは凶器だ」

「はい……」

そそくさと放り出していたバケツを拾いにいき、荷ほどきをしていた為に開いたままだった衣装箱に収めると、その間に少しは衝撃が去ったのか、クラウディオは寝台に腰かけて顎をさすっていた。

「お怪我《けが》はしていませんか？　本当に、すみません……」

「大丈夫だ。怪我はしていない。まさかあそこで急に立ち上がるとは思わなかったからな。――まったく、お前のことになると予測がつかない」

盛大なため息に、ひたすら悪いことをしてしまったと反省していると、クラウディオが座れと言ってきたので、気が引けながらも寝台に腰を下ろした。

「ハイディから聞いたぞ。小間使いから気味の悪い話を聞いたそうじゃないか」

「……はい。それで少しでも早く、クラウディオ様にお伝えにいったほうがいいのではないかと思ったのですが……」

結局伝えにも行けず、それればかりか危うく怪我をさせるところだった。ちょっとやる気を出したらこれである。情けなさすぎる。

「焦るな。その話はフリッツの知人を通してさっき聞いてきた。俺に知らせようとしてくれたことは嬉しいが、慌てて行動してもいいことがないとこれでわかっただろう」

「そうですね、周囲には気を付けます」

恥じ入って頷くと、クラウディオはわずかに鋭い牙《きば》を覗《のぞ》かせて苦笑したようだった。そうして手を伸ばしてきて後頭部を撫《な》でてくる。

「お前は痛くないのか？」

「ぶつかった時には痛かったのですが、今はもう……。コブでもできていますか？」

「いや、できていないな。相当な石頭だ」

からかい混じりの声音に、ローゼマリーはむっとした。

「クラウディオ様の顎もわたしの石頭がぶつかったのに割れていなくて、丈夫ですね」

意趣返しとばかりに、ローゼマリーはクラウディオの顎下を猫の顎をくすぐるように撫でた。鬣《たてがみ》よりもふわりと柔らかな手触りにこちらのほうが和みかける。

「……っ、待て、くすぐるな、やめろ。俺は猫じゃない」

　手をつかまれてやめさせられた拍子に、バランスを崩してそのままクラウディオの胸に倒れ込んだ。慌てて身を離そうとして、間近にある銀獅子の頭にどきりとした。人間の時とは違い、表情がわかりにくいはずなのに、獰猛《どうもう》な笑みを浮かべているのがわかった。

「よくも愛玩《あいがん》動物扱いをしてくれたな。――そういえば、今の状態の時には試していなかったな」

　何を、と聞く前にクラウディオの指の背が唇を柔らかくなぞった。ぞくりと背筋に震えが走る。恐れではないその感覚に戸惑って、身を強ばらせる。

「俺が怖いか？　ローゼマリー」

　言葉は若干違ったが、何度か耳にした問いかけ。どんな気持ちでそれを口にしているのかわからないが、自分の答えはいつでもひとつだった。

「――怖くはありません」

　真《ま》っ直《す》ぐにクラウディオの青の双眸《そうぼう》を見つめて、はっきりと告げる。クラウディオの瞳は、初めて見た海の色に似ていると、そこで知った。深くて静かな色が、ゆっくりと近づく。

（キス、される……？）

　組み合わせるようにからめとられた指も、背中に回された腕も、すぐに振りほどいて逃げ出せるような弱い力だと気付く。それが嫌なら逃げろとでも言っているようで、胸がぎゅっと苦しくなる。

(わたしは試されているのかもしれない)

エーデルトラウトにキスを強制された時には緊張のあまりのぼせて倒れたのだ。本当に怖がっていないのか試されているのだろう。信じてもらえていないような気がして、胸が痛む。

魔力を返す為にキスをしても恥ずかしくはなるが、決して嫌ではない。体調を安定させる為に手をつないで話をするのは楽しいし、クラウディオの前向きな姿勢にはとても憧《あこが》れる。側に居られるとドキドキとして落ち着かないこともあるが、それでも嬉しいのだ。魔力を奪ってしまったから一緒に居なければならないではなく、ただ一緒にいられることが――。

(好き……。――わたし、クラウディオ様が好きなの?)

すとんとその感情が胸の中心に落ちてきた。

聖地を望む丘で口にした通り、顔が獣でも人間でもどちらでもいい。努力家で、少しだけ意地悪で、自分に持っていないものを沢山持っているクラウディオが、好きだ。

だから信じてもらいたい。たとえそれを口にすることができなくても。

クラウディオの手を握り返し、そっと目を瞑《つむ》る。査問会の時には倒れなかったことが今でも不思議だった。

クラウディオが一瞬だけ動きを止めたが、背に添えられた腕にやんわりと力が込められる。

鬣よりも硬い髭《ひげ》がかすかに頬《ほお》に当たった。

（あれ、でも、待って。獅子の唇って、どこ？）

やはり緊張していたのか、思考がおかしな方向に向かいそうになった時、ぽとり、と肩に何かが落ちてきた。さわさわと何かが首の後ろや背中を這《は》い回る。

「いやっ、な、何!?」

半ばクラウディオを突き飛ばし、背中に手を回すと、それは腕を伝って胸元に下げられていたカオラのペンダントに飛びついた。

「えっ、モモンガ!?　どうしてここに……。あっ、クラウディオ様、握りつぶしたら駄目です！」

ヂヂッと抗議の声を上げるモモンガの頭をがしりとつかんで、ローゼマリーから引き離したクラウディオの手に今にも力が込められそうで、慌ててその腕に取りすがる。

「――つっ。こいつ……！」

その拍子に、クラウディオの手に噛みついて逃れたモモンガが、開け放たれたままだった寝室の扉の外へと飛んでいった。

「きゃあっ、何!?」

「え!?　何これ？　ちょっ、エーデ師こんなとこで魔術を使ったら――。アルト君は扉を閉めろ！」

ハイディたちの悲鳴や慌てた声と共に、ガシャン、と金属の物が落ちた音と、何か重たいものが倒れる音が居間のほうから聞こえてくる。

つい先ほどまでの静かな雰囲気は見事に砕け散り、騒々しくなった隣の部屋をクラウディオと共に恐る恐る覗き込んだローゼマリーは、あまりの惨状に顔を引きつらせた。

「ハ、ハイディ、大丈夫？」

倒れたソファや長椅子と、突風でも吹いたかのように床に落ちたタペストリー。瀟洒《しょうしゃ》なチェストの上に飾られていた遅咲きのユリの花はあちこちに散乱し、花瓶も割れていた。そして先ほど小間使いのアデリナが持ってきてくれた聖水のゴブレットが倒れて、絨毯《じゅうたん》に染みを作っている。幸い、金属製だった為か、こちらは割れていなかったことだけが救いだった。

ハイディは腰を抜かしたかのように壁に張り付いており、顔を強ばらせていた。慌ててその側に駆け寄って顔を覗き込む。

「大丈夫ですよ。少し、驚いただけで。あ、姫さま、花瓶が割れていますから、気を付けてくださいな」

ほっとして微笑《ほほえ》むハイディの視線が、部屋の隅へと向けられる。そちらを向いて立っていたフリッツとアルトの足元に、誰かが膝をついてしゃがんでいた。

「捕まえたのか？」

クラウディオが声をかけると、二人が苦笑して振り返った。彼らの前にいた人物が立ち上がって振り返る。その手にはいつだったかローゼマリーも閉じ込められたガラス珠の中でひど

く暴れるモモンガの姿があった。

しかしそれよりも、モモンガ入りのガラス珠を持っている人物に首を傾げた。

自分と同じ十六、七歳ほどの年頃《としごろ》の少年だった。あちこちに好き放題に跳ねた短い白髪に、閉じてしまいそうに眠たげな青の瞳。表情というものが浮かんでいないせいか、どこか人形めいていて、生きている人間のようには思えない。フリッツと同じ金の装飾がなされたきらびやかな僧服をまとっているので、おそらくは聖職者なのだろう。

誰だろう、と思う間もなく、無感情そうな口元が動いた。

「捕まえた。けど、怒ってる」

片言めいた喋《しゃべ》り方に、だるそうな抑揚のない声。聞き覚えのありすぎるその声に、ローゼマリーは瞠目《どうもく》した。

「もしかして、貴方《あなた》はエーデ様、なのですか⁉」

驚愕《きょうがく》の声を上げたローゼマリーに皆の視線が集中する。白髪の少年がこてり、と首を傾けた。

「そう。フォラントの王女、今さら何を言っているの」

「お前、エーデ師の顔を見たことがなかったのか？」

意外そうなクラウディオに、こくこくと激しく首を縦に振る。

「一度もありません。てっきりもっと年上の方かと……。え？　エーデ様はおいくつなのですか？」

エーデルトラウトの前任の番人が退任したのは、現在のバルツァー国王、クラウディオの父が即位した時だと聞いた。現国王はたしか即位して十五年ほどだ。となると、若くても三十路くらいにはなるだろう。この見た目からはありえない。

「アナタ、魔術師の外見と年齢、違うこと、わかってる？」

「魔術師は魔力のせいで実年齢より若く見えるんだ。だからエーデ師はフリッツよりも上だぞ」

素朴な疑問はエーデルトラウトとクラウディオによってすぐに解消されたが、それでも信じがたくて失礼だとは思いつつも、まじまじと見てしまう。

いつも藍色の外套のフードを顔も見えないほどに深く被っているのは、顔に傷跡でもあるせいなのかもしれない、と思っていたが、そんなものなどない。なぜ隠す必要があったのだろう。

「あの、『禁忌の森』の番人は、顔を隠さなければならない決まりでもあるのですか？」

「決まりじゃない、けど、番人になると老い緩やかになる。普通の魔術師よりも、さらに若く見えすぎるから、侮られて面倒。だからたいてい皆、被る」

ふう、とエーデルトラウトはいかにも面倒そうにため息をついた。本当だったら、彼も被りたくはないのかもしれない。

「そうなのですか……。でも、どうしてエーデ様がここに？　魔術師は入れないのでは……」

「魔術師エーデルトラウト、宿で大人しくしている。クラウディオのお付き、聖職者エーデなら問題ない」

表情は動かなかったが、エーデルトラウトは全く悪びれもせずに言い切った。ローゼマリーは枢機卿から魔術師は聖堂には入れない、と言われた際に、クラウディオとエーデルトラウトが妙に「大人しく」という言葉を強調していたのを思い出して、納得してしまった。

「魔力が原因で立ち入りを禁じているわけではないのなら、素直に聞き入れなくてもいいだろう?」

不敵に笑っていると容易に想像できるクラウディオの声音に呆《あき》れてしまったが、薄気味悪い事件が起きているとわかった今となっては何があるのかわからないので、いいのかもしれない。その言動はさておいても、エーデルトラウトがいるとなおさら心強い。

「まあ、エーデ師のことはこのままいくとして……。このモモンガはあの休憩した丘で飛び出してきたのと同じ奴《やつ》か?」

「多分、そうだと思います。あのモモンガにも銀の花模様が額にありましたから……。きっと荷物に紛れ込んでついてきたのですね。やっぱりクッキーをあげたのがいけなかったのかもしれません……」

暴れるモモンガの額に浮かんだ銀の花模様を視線で追いかける。変わった柄のモモンガだと思ったから、よく覚えている。あんなのが二匹もいるわけがない。

ガラス球を覗き込もうとすると、カツン、とカオラのペンダントが当たった。かと思うと、モモンガが我に返ったように大人しくなる。大きな目を見開いてじっとペンダントを見ているようだった。

(カオラに反応している……?)

試しにペンダントを揺らしてみると、モモンガもまたゆらゆらと体を左右に振った。そんなにもこの実が欲しいのだろうか。

「アルト、悪いが外へ放してきてくれ」

「はっ、すぐに」

アルトがクラウディオの言葉に短く返答する。エーデルトラウトからガラス珠を受け取ろうとした時、ぱちんと泡が弾けるかのようにガラス珠が割れた。

あっと思った時には遅かった。モモンガはエーデルトラウトの腕を駆け上り、そうして頭の上からぱっと飛んだ。

「そちらに行きました、フリッツ殿!」

焦ったアルトの声に反応して、タペストリーを拾い上げていたフリッツがそれを大きく広げて身構える。しかしモモンガはひらりとそれをよけて、倒れていたチェストの引き出しの中へと潜り込んだ。

「ああくそ、奥に入ったな……」

クラウディオが無理に引っ張り出そうとするので、ローゼマリーは横合いから止めた。

「クラウディオ様、わたしが」

チェストの前にしゃがみ込むと、カオラのペンダントをはずしてその前にちらつかせてみる。先ほど妙に興味を示していたから、もしかしたら出てきてくれるかもしれない。

モモンガは警戒するようにギッ、ギッ、と鳴いていたが、やがてそろそろと出てきて、ひしっとローゼマリーに飛びついてきた。ほっとしたのも束《つか》の間、チェストから一緒に何かが転がり出てくる。側に居たクラウディオが拾い上げた。

「宝石？　誰かの忘れ物か？」

夕日のように鮮やかな茜色《あかねいろ》の宝石だった。中には細かな金箔《きんぱく》が散っている。見つめていると、くらりとめまいがしてきそうな深い色にローゼマリーが目を閉じたその刹那《せつな》、耳の奥で風鳴りがした。

（——っ、聖者様の礼拝堂でも、聞こえた音？）

耳を突き刺すような音は、たしかにあの音だ。こんな場所でも聞こえるというのか。

慌てて目を開くと、ぴたりとおさまった。クラウディオは気付いていないのか、不審がることもせずに目を眇めて宝石を眺めていた。

「珍しいな。この色の宝石で金箔が散ったものは見たことがない」

「金箔？」

ふいにタペストリーを壁にかけなおそうとしていたフリッツが不審そうに振り返った。

「ちょっと待って、今金箔が散った宝石って言ったのかい？」

なぜか焦ったように近寄ってきたフリッツに、クラウディオが不可解そうに宝石を渡す。

「え!?　これって……。うわあ、何でこんな所にあるのさ。ちょっとまずいよ」

唇を歪《ゆが》めたフリッツが、顔色を変える。

「これ――聖物かもしれない」

「なんだと？　たしかか？」

クラウディオの眉間《みけん》に獣の顔でもそれとわかる皺が寄る。ローゼマリーもまじまじと宝石を見て、息を呑んだ。

「うーん、僕も実物を見たのは何年も前だし、確信は持てないけど、多分ね。こんなに珍しい宝石が他にあるとも思えないし」

「見せて。フリッツ・ベルク」

矯《た》めつ眇めつ宝石を眺めたフリッツは、情けなく笑って催促したエーデルトラウトにそれを渡した。

「もしも聖物だとしたら、どうしてこんな所にあるのですか……？」

ローゼマリーが最もな疑問を口にすると、誰もが何と言っていいのかわからず、沈黙が落ちる。ただひとつわかるのは、下手をしたら盗んだと思われても仕方がないということだ。ひいてはそれは誰かが自分たちを陥れようとしているともとれる。

「エーデ師、とりあえずそれは俺が預かっておく。フリッツ、何か騒ぎになっていないか、それとなく知人に聞いてきてくれ」

深々とため息をついたクラウディオが、エーデルトラウトに向けて手を出す。

神妙な顔をしたフリッツが一つ返事で外に出ていき、エーデルトラウトが表情は浮かんではいなくとも、なんとなく不可解そうに宝石をクラウディオに渡した。

「クラウディオ、それ、魔力感じる」

「魔力？　そうすると、これは聖物ではないのか？」

「わからない。聖物がどんなものなのか、ワタシ知らないから、どっちとも言えない」

エーデルトラウトの言葉を受けて、クラウディオはしばらく考え込むように腕を組んでいたが、やがて顔を上げた。

「――少し、様子を見るか。これが聖物か偽物かまだわからないが、誰が何の為にこんなことをしたのか全くわからない以上、下手《へた》に動かないほうがいい」

クラウディオの決定に頷いたエーデルトラウトやアルトと同じように首を縦に振ったローゼマリーは一息ついて、ようやくいまだにひっついたままのモモンガを見下ろした。先ほどの暴れっぷりが嘘のように大人しい。そっと背中を撫でてみると、うっとりしたように目を細めた。

「ああ、それを外に出さなければな」

クラウディオが手を伸ばしかけると、モモンガが大きく身を膨らませて威嚇したので、ローゼマリーは困ったように眉を下げた。

「わたしが外へ放しにいきます。クラウディオ様は手を出されないほうが……」

「フォラントの王女、それ、カオラに引き寄せられてる。ここで放しても、きっと戻って来る」

エーデルトラウトの声を受けて、ローゼマリーは目を見開いた。先ほどチェストの中からつられて出てきたことといい、やはりそうだったのか。

「もしかして、丘でもうそのことに気付いていましたか？」

森へモモンガを帰した時に、エーデルトラウトがやけに気にしていたのを思い出す。

「何となく、おかしな気してた。それ、害はないけど、無理に引き離さないほうがいい。大丈夫、カオラあれば大人しい」

それはどういうことだろうか。何かまだありそうな気もしたが、うとうとと眠り出したモモンガにそれほど害があるようには思えず、口をつぐむ。

「仕方がない。帰る時に森にカオラと一緒に置いてくればいいだろう。聖物礼拝にかこつけて前任の番人に会いに来ただけだというのに、ネズミの件といい、聖物のことといい、厄介なことに巻き込まれそうだな」

肩をすくめたクラウディオを見上げて、ローゼマリーはさらに問題をひとつ積み上げてしまったのではないかと、小さく嘆息した。

人々のざわめきが室内に反響して、耳に木霊《こだま》する。

見渡すほどに広々とした食堂に置かれている長いテーブルはいくつあるのか。その席についている人々の多さに、ローゼマリーは驚くと同時に少しだけ怖気《おじけ》づいて、喉《のど》を鳴らした。

夕餉《ゆうげ》の時間だとイルゼに呼ばれてついていってみれば、食堂には多くの聖物礼拝の参列者が集まっていた。それまで見かけなかっただけに、よけいに緊張する。

五日後の礼拝までにはまだ人が増えるかもしれない。

「けっこう人がいましたねぇ。姫さま、大丈夫ですか？」

「大丈夫よ、ハイディ。ええ、わたしは大丈夫」

席に着くと、給仕の為《ため》に側《そば》に立ったハイディが小声で案じてくるのに、顔が強ばるのをどうにか抑えながら頷《うなず》く。

（わたしは大丈夫だけれども……）

ちらり、と隣の席に座ったクラウディオに目を向ける。

食堂に自分たちが姿を現した時、それまで和やかだったらしい雰囲気が一瞬、凍り付いた。

まるで波が引くように、音さえ聞こえるのではないかと思うほどの速さで獣の頭に変貌《へんぼう》していく人々に、ローゼマリーは恐れよりも悔しさで胸元を握りしめた。

身分の差なく皆平等に、ということで席は決まっていないとイルゼに言われたクラウディオが食堂の一番奥に陣取ったのは、おそらくは周囲への配慮なのだろう。明るく照らされていた食堂だが、隅のほうはそれほど光が届かない。影がクラウディオの姿を目立ちにくくしてくれる。

それでも食堂のあちらこちらから驚愕《きょうがく》や畏怖《いふ》、そして嫌悪といったぶしつけな視線が突き刺さってきて、胃に穴が開きそうだ。

（バルツァーよりも酷《ひど》いのかも……）

国内の貴族たちや、王都周辺ではクラウディオの姿は知られていても、他国はそうもいかない。各国の賓客が集まるとはいえ、クラウディオの姿を見たことがない人々も当然いる。

「なかなか新鮮な空気だな」

表情こそわからないが、周囲の視線など全く意に介さず、むしろ面白がるようなクラウディオに、ローゼマリーはほっとした。

「クラウディオ様が堂々としていると、わたしも落ち着きます」

「そうか？　無理はするなよ。顔が青い」

温めようとでもしてくれるのか、クラウディオが頬《ほお》を撫《な》ぜてくる。その指が唇をかすめた途端、モモンガが暴れる前にキスをしかけたことを思い出して、かあっと顔が熱くなった。

（あれ、ちょっと待って、あの時、隣の部屋に皆いたの？）

少なくともハイディは確実にいた。クラウディオが戻ってきたのなら、それについていた他の三人も当然いただろう。だからあんな阿鼻叫喚《あびきょうかん》の状態になったのだ。

(みんなの前に顔が出せない！　バケツを被《かぶ》りたい……っ)

現場を見られたわけではなくても、雰囲気は感じられただろう。そう思うととてつもなく恥ずかしい。とりあえず、背後のハイディを振り返ることができない。

「どうした、今度は真《ま》っ赤《か》だぞ。熱でもあるのか？」

「クラウディオ様のせいです」

だから額に手を当てるのもやめてほしい。周囲の唖然《あぜん》としたような視線が痛い。ぽつりぽつりと獣の頭だったものが人の頭に戻るほど、クラウディオの仕草が意外だったのだろう。

恨めし気にクラウディオを見上げると、彼は口角を上げた。鋭い牙《きば》が少しだけ見え、威嚇しているようにも見えたが、ローゼマリーには笑っているように見える。これは絶対に確信犯だ。

手をやんわりと退《ど》けて、不満を口にする。

「からかわないでください」

「からかっていないぞ。周りの反応を見ているだけだ。人の顔に戻っている者はいるだろう？」

「それは、いますけれども……」

「お前の反応で、俺《おれ》への認識を変える者もいる。変わらない者ほど、敵対心が強いということだ。それを見分けておきたい。だから妙にかしこまらずに、いつもの態度で接してくれていい」

思っていたより深い考えがあった。ただ単に面白がっていたわけではないらしい。

そうとわかれば、協力しなければ。

（いつもの態度……）

クラウディオに自分はどういう態度をとっていただろう。考えあぐねた末、ローゼマリーはテーブルの上で組まれていたクラウディオの手に自分の手を重ねてみた。

クラウディオの肩が驚いたように揺れる。ぎこちなくこちらを見られて、慌てて手を引っ込めた。

「すみません、いつもやっていることだったので……」

体調を安定させる為にいつもやっていることだ。それなのに、この反応は何だろう。どうもクラウディオはローゼマリーから行動を起こすと、身構える気がする。嫌われてはいないとは思うが、それでも気になってしまう。

「お前は――」

クラウディオがためらいがちに口を開きかけた時、誰《だれ》かがテーブルの前に立つ気配がした。

「こちら、よろしいでしょうか？」

軽やかな女性の声。まさか話しかけられるとは思わず、はっとして顔をそちらに向ける。自分たちが座っている席の向かいに、侍女らしきお仕着せを着たタヌキ頭の女性を従えた、赤みの強い金の髪の女性が佇《たたず》んでいた。

晩さん会でもないのに、大きく襟ぐりの開いた夜会用の青いドレスを身にまとい、華やかに着飾っている。しかし何より驚いたのは、その顔がクラウディオの前だというのに、自信に満ち溢《あふ》れた笑みを浮かべる人間の顔だったことだった。

一瞬だけ自分の目が治ったのかと思ったが、こちらを注視する人々の頭はやはり獣の頭が大半だ。

「かまわない」

不審そうなクラウディオが鷹揚《おうよう》に頷くと、彼女は優雅に一礼をして席についた。

「バルツァーのクラウディオ王太子殿下とお見受けいたしますわ。お初にお目もじします。わたくし、シュゼットと申します。カヴァンの第一王女です」

シュゼットは異形の王子から一切目をそらすことなく、むしろ目を輝かせて親しげに話しかけてきた。そのことにさらに驚き、次いでこみ上げてきたのは、もやもやとした晴れない気分。

周囲の人々と違い、クラウディオを嫌悪しない様子にもっと喜んでいいはずなのに、ローゼマリーはなぜかあまり喜べないことに気付いて、膝《ひざ》の上に乗せた手に力を込めた。

(どうして？　わたし以外にも獣の頭でも気にしない方はいるのに……)

フリッツや、アルトといった側近は全く気にしていない。ハイディも驚きこそすれ、畏怖の目を向けることはなかった。それでも彼らに対して思うところは何もなかった。

戸惑いながら、何とか唇に笑みを浮かべる。そこへ運ばれてきたスープを前に、クラウディオが話を続けた。

「カヴァンは鉄鉱石の産出国だったか。ああ、こっちは妃の――」

「我が国を知っていただいて、光栄ですわ。あ、冷めますからお食事をどうぞ」

クラウディオが自分を紹介しようとするのをさえぎり、シュゼットは食事をするように促してきた。そこでようやくその視線が一度もこちらを向いていなかったことに気付く。

(無視されているのかしら……。何か失礼なことをした？　面識はないはずだけれども)

フォラントでは離宮に引きこもっていたし、バルツァーでも他国の王族を招いての夜会は婚儀の後のものと、隣国リヴェラの王太子夫妻が視察に来た時のもののみだ。

「クラウディオ様のご生誕祝いの夜会には出席できませんでしたので、今回お会いできるのを楽しみにしておりました。気が逸《はや》ってこちらには早くに到着してしまったほどで……」

シュゼットが頬を紅潮させた。クラウディオの生誕祝い即《すなわ》ち、花嫁選びの夜会だ。自分がクラウディオと再会した場でもある。あの夜会は婚約者がいない令嬢や王女が対象とされていたから、シュゼットには婚約者がいたのだろう。

(でも、あの夜会ではほとんどの方が動物の頭に見えていたけれども……)

それほどまでにクラウディオに見初められるのが嫌だったのだ。だが、シュゼットは人間の顔のままクラウディオに会いたかった、夜会に出席したかったと言う。一度も会ったことのない、しかも異形の頭の男性に好意を抱くのが不思議だったが、彼女の言っていることは本当のことだ。そうなれば、ローゼマリーに嫉妬《しっと》してもおかしくはない。だからこそ面白くなくて、無視をされたとしても仕方がない。

そこでふと気付く。面白くない。まさについさっきローゼマリーがシュゼットに対して抱いたのは、その感情だ。あまり喜べない、のではなく、自分以外の女性がクラウディオと親しくするのは面白くないのだ。

(え、わたし、もしかして嫉妬している?)

頭が獣でもにこやかに話しかける王女に、クラウディオが気を許してしまうのではないかと思うと、はらはらとする。

ふとクラウディオがスプーンを持つ手に目が留まった。先ほど自分が触れたこの大きな手が自分ではない別の女性の頬に触れ、引き寄せて、口づけを交わす。それを想像すると居てもたってもいられなくなった。

(これは嫉妬なの?　クラウディオ様が好きだから、取られたくなくて――)

息苦しくなって胸元を握りしめる。

「ローゼマリー?　具合が悪いのか」

「ひっ、違います!」

耳元で響いたクラウディオが案じる声に、ローゼマリーは思わず立ち上がった。その拍子にテーブルにぶつかる。ワインの入ったゴブレットが倒れて中身がこぼれ、ローゼマリーのスカートに染みを作った。

「あ……。す、すみません、気分が悪いので先に下がらせてもらいます」

すっかり動転してしまい、早口にまくしたてるとその場から離れようとした。その腕をクラウディオがつかむ。

「待て、俺も下がろう。途中で倒れたらと思うと心配だ」

「いえ、あの……っ、ありがとう、ございます」

とっさに振り払って逃げようとしてしまったが、ここがどこだか思い出し、どうにかそれだけを口にする。

「シュゼット殿、話の途中で申し訳ないが、妃の具合がよくないので下がらせてもらう。ゆっくりと食事を楽しんでくれ」

クラウディオはシュゼットの返答も聞かずに、ローゼマリーの肩を支えて踵《きびす》を返した。促されるように歩きながら、強い視線を感じてそっと後ろを振り返る。途端に、金茶の長毛犬の頭に変化したシュゼットの睨《にら》み殺さんばかりの目と合って、慌てて前を向いた。

(こ、怖い……。すみません、わざとじゃないんです！)

内心で平謝りしながら食堂を出かけると、どこにいたのかイルゼが足早にやってきた。

「兎肉《うさぎにく》のスープはお口に合いませんでしたか」

「いや、妃の体調が悪いだけだ。悪いが食事を部屋に運んでもらえないか」

クラウディオの要請に、何の感情も見せずに頷いたイルゼを残し、食堂を出る。戸口付近で待っていたアルトが早々と退出してきた自分たちに驚きつつも、黙ってついてきた。

フリッツはまだあれから戻ってきておらず、エーデルトラウトに至っては「調べもの」と言ったきりどこかへ行ってしまった。

しばらく無言だったクラウディオが、人気がなくなるなり盛大な舌打ちをした。

「まったく、何なんだあの女は。挨拶《あいさつ》さえもろくにしない」

「え？　していましたけれども……」

「俺にはな。お前には一言もしないばかりか、存在そのものを消していた。いくらお前が気に食わなくても、こういった場ではそれなりの態度があるだろう」

明らかに不機嫌そうに不満を漏らすクラウディオに、ローゼマリーは両手で顔を覆った。

クラウディオが自分について早々に席を立ってしまったのは、ローゼマリーへの態度が気に食わなかったせいらしい。

それではシュゼットの態度を咎《とが》められないではないか、と思う半面、どうしようもなく嬉《うれ》しくなる自分が、少しだけ後ろめたい。

「――ところで、何が『違う』んだ？」

肩を支えたクラウディオの手にわずかに力がこもる。ぎくりとして肩を強ばらせたのが、きっとわかってしまっただろう。

「ななんでもありません！」

「何でもないなら、そんなにどもらないし、顔も赤くはならないだろう」

当然のことながら動揺を看破されて、ローゼマリーはどうにかならないものかと言葉を探して思考をめぐらせた。あんなことを正直に言えるわけがないし、言ってはいけない。

「ええと、その違うのは、違うのであって、違うんです！」

「……お前は混乱すると意味が通っているような、いないようなことを口走るのだな」

うっと口をつぐむ。そういえばそうかもしれない。自分でも思っていなかったことを指摘されて、少しだけ冷静になったローゼマリーは小さく息を吸った。

「本当に、何でもないんです。ちょっと考え事をしていて、びっくりしてしまっただけで……」

嘘《うそ》は言っていない。全部を言っていないだけで。

クラウディオが疑わしそうに見下ろしてきたが、ローゼマリーが口を割ることがないと踏んだのか、嘆息して肩を離した。

離された肩が、すうっと冷える。

（わたしはクラウディオ様の魔力を奪ってしまったから、それを返す為に王太子妃にされただけ。わたしもクラウディオ様が人の顔だったから嫁いだだけ。クラウディオ様もそれはわかっている。わたしが好きだとしても――）

そう言える資格などないのに。

ローゼマリーは少し先を歩くクラウディオを眺めながら、そっと自分の肩に触れた。

＊＊＊

「お前……、バケツは衣装箱にしまえと言ったはずだろう。なぜまた出してきた」

深々とため息をついて腕を組んだクラウディオを前に、ローゼマリーはバケツを手にしたまま気まずそうに視線をそらした。

「すみません。少し精神を安定させたくて。カオラのペンダントはあのモモンガに持たせてしまいましたし」

今はハイディが使用人部屋に連れていってしまったので、心もとない。

「ちょっとだけでいいですから、被らせてくだ――」

「やめろ、被るな。何だか嫌な予感しかしない」

胸に抱えていたバケツを奪い取られそうになって、ローゼマリーは必死にそれにしがみついた。

（だって、一緒の寝室なんて無理！）

食堂から辞して部屋に戻った後、イルゼから頼まれたアデリナが運んできてくれた夕餉を食べ、湯あみをしたところまではよかった。

昼間は様々なことがありすぎて気付かなかったが、用意されていた寝室はひとつだったのだ。事実はどうあれ形式的には夫婦だ。同じ寝室にされてもおかしくはない。

クラウディオが好きだと自覚した途端にこれだ。緊張して眠れる気がしない。

「なぜ今さらそんなに一緒の寝室を嫌がるんだ。何度かそういったことはあっただろう。あの時には平気だったじゃないか」

「い、嫌とかそういうことではなくて……。それにそのうちの一度はバケツを被っていたので」

「――本気で無機物が憎い」

片手を鬣《たてがみ》に突っ込み、唸《うな》るように低く呟《つぶや》いたクラウディオは、枕《まくら》をひっつかみ外へと出ていこうとした。

「わかった。俺は居間で眠る」

「駄目です。この季節だと風邪をひきます。わたしが居間で寝ますから。モモちゃんと一緒に寝れば寒くありません」

「モモちゃん……？　あのモモンガのことか？　ちょっと待て、あんな小動物より俺のほうが温かいぞ」

なぜかモモンガに対抗心を燃やし出したクラウディオがそう主張してきたが、それでもローゼマリーは首を縦には振れなかった。クラウディオに抱き着いて眠れとでもいうのか。とんでもなさすぎる。

「――ああもう、わかった。バケツは抱えていてもいいから被るな。譲歩できるのはそこまでだ」

クラウディオが渋々ながら折れてくれたので、ローゼマリーは頷かざるを得なくなった。

バケツを抱えたまま寝台に潜り込むと、明かりを弱くしたクラウディオもまた反対側から寝台に横になる。

つい先ほどまでの言い争いが嘘のように、室内は静まり返っていた。そのことにどんどんと緊張感が増す。背中を向けていても、クラウディオが少しでも身動きしただけで伝わってくる振動を妙に意識してしまう。

「フ、フリッツ様は戻ってきませんでしたね。何かあったのでしょうか」

「心配ない。あいつは強《したた》かだから、何かあってもどうにかできるだろう」

沈黙が耐えきれなくなって、口を開くとクラウディオは落ち着いた声で返してくれた。

「前任の番人の方はいつ姿を現すのでしょうね」

「さあな。だが、礼拝の儀には現れる。それまではエーデ師が探るそうだ」

「わたしも何かお手伝いを――」

「ローゼマリー」

「はい」

「さっさと寝ろ」

硬い声でそう言われてしまい、ローゼマリーは肩をすくめた。

少しうるさかったかもしれない。

唇を引き結んで、バケツを抱き込む。緊張に速くなる鼓動をどうにかなだめながら、きつく目を瞑《つむ》る。

疲れていたのか、それほど時間がかからずに襲ってきた睡魔に逆らうことなく眠りに落ちる間際、あの動物の鳴き声にも似た風の音を聞いた気がした。

＊＊＊

カシャン、と金属が床に落ちる音がして、浅い眠りについていたクラウディオははっとして目を開けた。

（何の音だ？）

耳を澄ませようとして、ふと背後のローゼマリーの気配がしないのに気付いた。

「ローゼマリー？」

眠る直前までかなり緊張していたようだから、なかなか寝付けないだろうと思っていたが、やはり疲れていたのだろう。案外あっさりと眠っていた。そのことに拍子抜けしたと同時に、意識もしてもらえないのかと拗《す》ねたような気分になったのは、どうしようもない。

手洗いにでも行くのだろうかと、振り返ったクラウディオはぎょっとした。

寝台から降りて、ふらふらと危なっかしい足取りで扉へと近づいていくローゼマリーがいた。先ほどの金属音は、彼女が自分の一部だと称するバケツが落ちた音なのだというのもわかった。そこまではまだよかった。

室内とはいえ秋の冷えた空気の中、ガウンを羽織ることもせずにいる薄い夜着の襟元から白い首筋が見える。顎《あご》をそらすようにして天井を見上げるその目は、薄い瞼《まぶた》にしっかりと閉ざされていた。明らかに眠っている。それなのに、足は部屋の外へと向いていた。

(寝ぼけているのか？)

うたた寝から起きた途端、人を人面獅子《じし》呼ばわりしてくれた件といい、若干その気があるのはわかっている。

クラウディオは仕方なく起き上がると、ガウンをつかんでローゼマリーの側へと歩み寄った。

「どこへ行くんだ」

細い肩にガウンを着せかけて引き止めようと手を掛ける。が、彼女は目を覚ますこともなく、クラウディオの手を振り払って扉の取っ手に手を掛けた。

「おい、目を覚ませ」

もたげた不審感を振り払うかのように、若干強めに肩を揺する。しかし力なく首をがくがくと揺らすだけで、ローゼマリーの瞼は開かない。そればかりかクラウディオの腕から抜け出そうとする。

(何だ？　おかしいぞ)

女の力とは思えないほどの力強さで、身をよじり出した彼女を抱え込みながら、エーデルラウトを呼ぶべきかと考えた時だった。

「……る。呼んでいるから、行かないと。行かないと、呼んでるの行かないと行かないと行かないと泣いてるから行かないと」

細い声で浮かされたようにひたすらいくつかの同じ単語を繰り返し出したローゼマリーに、クラウディオは戦慄《せんりつ》しつつもその体を強く抱きしめた。

暴れるローゼマリーの爪《つめ》が、離せとばかりに腕を引っ掻《か》く。血がにじんだが、そんなことを気にしてはいられなかった。

「誰も呼んでいない。気のせいだ。お前はここにいるんだ。俺が側にいるだろう」

「泣いているの呼んでいるのわたしがいかないと泣いているから、大切なものを返して、呼んでいるから――」

「ローゼマリー！」

耳元でその名を叫ぶと、彼女はびくりと体を揺らし、大きく身を震わせたかと思うと、力が抜けたようにこちらに身を預けてきた。

ほっとしたのも束《つか》の間、居間のほうで音がした。次いで、扉を壊してしまいそうな勢いでアルトが飛び込んでくる。

「侵入者ですか！」

険しい表情で室内を見回すアルトに、クラウディオは苦虫を噛みつぶすような思いで口を切った。

「違う。侵入者のほうがまだよかったな。ローゼマリーの様子がおかしい」

「姫さまがどうかされたんですか!?」

アルトの後ろから燭台《しょくだい》を手にやってきたハイディが、寝間着の上に羽織ったショールが落ちるのもかまわずに、寝室に駆け込んできた。その肩にはモモンガが乗っている。

「眠ったまま歩き出したかと思えば、呼んでいるから行かないと、と騒ぎ出した」

今は静かに眠っているというより、気を失っているというような状態のローゼマリーを寝台に寝かせて、額にかかった髪を払ってやる。苦悶《くもん》の表情を浮かべていないだけ、安堵《あんど》した。

「なんだってそんな、姫さまが恐怖小説の登場人物みたいな状況になっているんですか……」

顔を強ばらせたハイディが、それでもかいがいしく主人の体に掛け布を掛けてやる。一緒についてきていたモモンガがローゼマリーの顔の辺りを心配そうにうろうろしているのを尻目《しりめ》に、クラウディオはアルトに向き直った。

「フリッツとエーデ師は戻ってきたか？」

「は、フリッツ殿は先ほど。報告は殿下がお休みになられていたので、明日《あす》にすると言っておりましたが。エーデルトラウト様はまだ――」

「ここにいる」

するりとアルトの横を抜けて、エーデルトラウトが入ってきた。いつもは眠たげな目が、どこかぎらついているような気がする。

状況を説明するまでもなく、エーデルトラウトは横たわるローゼマリーの側に歩み寄った。

「それなら、アルト、フリッツを呼んできてくれ」

クラウディオの指示に、寝室を出ていったアルトがすぐにフリッツを連れて戻ってくると、クラウディオは眉《まゆ》をひそめた。

「腐れ坊主が、どこで酒を飲んできた」

「酷いな、せっかく情報を引き出す為に頑張ってきたのにぃ。奥方殿がおかしいって？」

上気した頬で笑うフリッツを居間のほうへと押しやる。ローゼマリーの額に手を当てて様子を見るエーデルトラウトと、心配そうに付き添うハイディをちらりと見やり、アルトに何かあったら教えろと言い置いて、寝室を出た。

座れ、とも言っていないのにだらしなく長椅子に身を預けるフリッツを睥睨《へいげい》し、一人掛けのソファへと乱暴に腰を下ろす。その際に、テーブルの上に手のひらほどの革袋を放り出した。布越しでも、こつり、と硬いものがぶつかる音がする。

「これは、本物か」

錯乱状態のローゼマリーの口からこぼれた「大切なものを返して」という言葉。この部屋で返さなければならないものがあるとすれば、この聖物の疑いがある宝石だけだ。

なぜローゼマリーがあんな状態になったのか。

魔力を帯びているとエーデルトラウトが言っていたこれが影響しているとしか思えない。

勝手に水差しからゴブレットに水を注いで飲んでいたフリッツは、片目を瞑って手を上げた。

「はーい、本物。大当たり。困っちゃうよねぇ。聖物だったなんて」

表面上は上機嫌に見えても、目が笑っていない。クラウディオは苛立《いらだ》ったように無言で革袋を引っ繰り返して中身を机の上に出した。鮮やかな茜色《あかねいろ》に、金箔《きんぱく》が散ったような宝石は、どことなく発光しているような気がする。

「酔わせても、なかなか口を割らなくてさぁ、僕もまだまだだね。——で、その聖物なんだけどさ」

髪をかき上げたフリッツは、酔った口調を改めてクラウディオを鋭く見据えた。

「昨日《きのう》の朝、ネズミの死骸《しがい》の件で騒いでいる隙《すき》に盗まれたんだってさ」

「普段はどこに安置されているんだ」

「聖者様の礼拝堂の真下。海馬《かいば》の像があっただろう。その台座の下に鍵《かぎ》をかけて安置してある。ついでにその鍵を持っているのは枢機卿《すうききょう》様だけだ」

聖者カミルの礼拝堂を思い起こす。フリッツの言うように、聖者の像の足元に跪《ひざまず》く海馬の像があった。その台座というと、かなりの重厚なものだった。あの下がどのように開くようになっているのだろう。

「でもね、その鍵。一度もなくなっていないそうだよ。枢機卿様が肌身離さず持ち歩いているし、誰かに貸したということもないらしい」

「それなのに、聖物は紛失した、と。それがなぜかここにあるわけだな」

「おかしな話だよねぇ？」

たしかに、全く笑えないおかしな話だ。

クラウディオは腕を組んで思考を巡らせた。カツン、とフリッツが飲み終えたゴブレットをテーブルに置く。それを見て、ふと思い出す。

「そういえば、昼間、小間使いが清めの聖水だと言って、聖物に清められた水を持ってきたようだが……。あれはただの水だったのか？　聖物が盗まれたのは昨日だろう？」

「いや、聖水だと思うな。毎日清めはするけど、絶えないように水瓶に継ぎ足しているから。――もしかして、奥方殿がおかしくなったのは、聖水も原因だとでも言うのかい？」

「どうだろうな。聖物が魔力を帯びているというのなら、その聖水も変質している可能性はあるが……。少なくとも俺は飲んでいない。モモンガが暴れた時にこぼしてしまったからな。ただ、ローゼマリーはわからない。俺が戻ってきたら飲もうと思っていた、とは言っていたが……」

再度貰《もら》うのも面倒で、それほど重要なことでもないだろうと、結局飲んでいない。

「味見した可能性はある、ということかい。うーん、ちょっと関係があるのかわからないなあ。そもそも、僕が聖地にいた頃《ころ》は聖水は飲まなかったからねえ」

聞き捨てならない言葉に、聖物を机の上から取り上げようとしていたクラウディオは手を止めた。

「飲まなかったのか？」

「飲まないよ。礼拝に来た人たちの額に、聖水を振りかけていただけさ。飲ませ出したのは、ここ一年の間らしいんだ」

「一年か……、一年前に何があったのだろうな」

それまで飲まなかったものを、飲むようになったきっかけがあるはずだ。

しばらく考えを巡らせたが、情報が少なすぎてそれだけではわからない。

「とりあえず、何が関係しているかわからない。念の為、一年前に何かなかったか、調べておいてくれないか」

「はいはいっと、承りました。それで、聖物はどうするんだい。やっぱりまだ殿下が持っているつもり？　それとも、さっさと返す？　元の場所に戻せなくても、隙を見て祭壇辺りに置いておけば誰かしら見つけてくれると思うけどね」

くるくると空のゴブレットを器用に指先で回すフリッツを眺めながら、クラウディオはそっと聖物を拾い上げた。

「俺がまだ持っていよう。もしもまたローゼマリーが錯乱して、その時にこれが必要だということになったら、また手に入れるのは難しいからな」

きっと返したら、今度こそ厳重に保管されてしまうだろう。そうなったら再び持ち出すのは面倒だ。

「あとはローゼマリーが『何』に呼ばれて、『何』が返せと言っていたのかだな。まさか聖者の像、ではないだろうが……」

聖物を握りしめて、寝室の扉を見やる。それを突き止めないことには、今後再び起きないとも限らない。まだ聖物礼拝の日まで四日あるのだ。ローゼマリーの体に影響が出るかもしれない。

「そこのところはエーデ師の分野かな。どうも魔術が絡んでいそうだし」

「ああ、そうだな。色々と聞き出してきてくれて助かった。俺は目立ちすぎるからな。探るのにも不便だ。お前はもう休んでくれ。明日からまた頼む」

「仰せのままに。まあ、殿下はここぞというときに締めてくれればいいしね。それじゃ、お言葉に甘えて失礼するよ。ほんと、奥方殿も災難続きで可哀想《かわいそう》だ」

おどけたように立ち上がったフリッツは、ローゼマリーが眠る寝室をちらりと見やり、物憂げなため息をつくと、踵を返した。ふとその背に問いかける。

「こういうことが起こると、聖物を隠した犯人はわかっていたと思うか？」

「どうかな。聖物が部屋から見つかった、というだけでも十分打撃を与えられると思うけどね。もしそこまでわかっていたとしたら、よほどの恨みがあるのかもしれない」

肩をすくめたフリッツが退出すると、クラウディオは寝室の扉を開けた。

エーデルトラウトとハイディに囲まれ、寝台の上でまるで死んだように眠るローゼマリーの姿を目にして、唇を引き結ぶ。

「恨み、か……」

もしそうだとしたら、それはどこにかかってくるのか。

自分か、バルツァー国か、もしくは。

（ローゼマリーがそれほど恨まれるとも思えないが……）

食堂で会ったカヴァンの王女。ローゼマリーに嫉妬していたのはわかっているが、あの女がそこまでわかっていてこんなことをやるとは到底思えない。

（まあ、もしやっていたとしたら、当然ただで済ますつもりはないがな）

獰猛《どうもう》な笑みが口角に浮かぶのを自覚しながら、クラウディオは寝室に足を踏み入れた。

＊＊＊

頬に当たるさわさわとしたものがくすぐったくて、ローゼマリーはうっすらと目を開けた。辺りは薄暗い。

どこだろう、という疑問が浮かんだが、すぐに聖地の地下大聖堂に宿泊したことを思い出した。日の光が届かない為、朝なのか夜なのか今いちよくわからない。

ふと、ぼんやりと彷徨《さまよ》わせていた視界に、手のひらほどの大きさの毛の塊が飛び込んできた。

「モモちゃん……？」

ローゼマリーの顔のすぐ側に丸まって眠っていたのは、ハイディに預けていたはずのモモンガだ。どうしてここにいるのだろう。

「目が覚めたか？」

ふいに背後からクラウディオの声がした。あまりにも近くから聞こえてきたことに驚いて、肩を揺らす。そこで初めて後ろから抱きしめられていたことに気付いた。

「……えっと、あの、ど、どうしてこんな状態になっているのですか？　あっ、もしかして寝ぼけてバケツを振り回して踊ったり――」

「そんな面白おかしいことになっていたら、盛大に笑ってやるが……。お前、昨日のことは覚えていないのか？」

「え？」

きょとんと目を瞬《まばた》き、昨夜の出来事を反芻《はんすう》する。

昨日は、クラウディオと一緒の寝室だということを言い争った後、結局一緒に眠ったはずだ。緊張していたが、それでも疲れも手伝ってすぐに眠りについてしまったのを覚えている。それ以外に何があるというのだろう。

「覚えていないのか……。どうするかな」

迷ったような声に戸惑い、同時に何かやってしまったのかと不安になる。

「あの、何があったのか教えてもらえませんか？　知らないままでいるのは嫌です」

やはり何も知らないまま、何か重大な過ちを犯してしまうのは怖い。

腹の前で組まれていた腕になおさら引き寄せられて、ローゼマリーは身を強ばらせた。

「楽しい話じゃないぞ」

真剣味を帯びた声音の中に、案じているのだという思いがにじんでいた。そのことに嬉しくなる半面、聞くのが怖くなってくる。

「お前は昨日、眠ったまま歩き出したんだ。しかも誰かに呼ばれている、と言って錯乱した」

ローゼマリーはひゅっと息を呑んだ。そんなことは全く記憶にない。身に覚えがないことをやったと言われ、さあっと血の気が引いた。

「――覚えていません。夢も見ないくらい、深く眠っていました。そんなこと……」

クラウディオが嘘を言っているとは思えないが、にわかには信じがたい。考え込むように視線を落とす。ふと、腹に回されていたクラウディオの腕に、数本の赤い線が入っているのに気付いた。

「これ……、ひっかき傷、ですか。もしかして、わたしが」

震える指で線をなぞる。するとクラウディオが舌打ちをしてその手を握り込んでやめさせた。

「大した怪我《けが》じゃない。すぐに治るから気にするな。それより大丈夫か？」

罪悪感に胸が押しつぶされる。

錯乱したのは本当だった。抱き込まれていたのは、また暴れない為だったのだろう。

自分が覚えていないところで自分がやった事実を突きつけられ、足元が崩れるような不安が押し寄せる。

（怖い、けど。怖いとか言っている場合じゃない。下手《へた》をしたらまたわたしが原因で、クラウディオ様を危険にさらすことになる。ちゃんと詳しいことを聞かないと）

泣きたいような気持ちに蓋《ふた》をし、どうにか笑顔を浮かべてクラウディオの手を握り返した。

「大丈夫です！　でも――何が原因なのかわかっているのですか？　これ以上、わたしのせいで大切なクラウディオ様にお怪我をさせたくはないですから」

涙声にならないように、震えないようにと必死で平静を保とうとする。

沈黙があった。次いで、頭のてっぺんに柔らかなぬくもりを感じる。

何をされたのかわからないまま上を向くと、視界が白銀に埋め尽くされ、目を見開いた。

ふかりとした動物の毛のようなものが唇に触れている。

後ろから身を乗り出したクラウディオに唇をふさがれていると気付いた時、ローゼマリーは思わず両手でクラウディオの顎を押しやってしまった。

「ちょ、まっ、まって、ください……っ」

一気に顔に血が上る。つい先ほどまでの恐怖心が見事に吹き飛んだ。いきなりのキスは心臓に悪すぎる。もう少し心の準備をさせてほしい。

(いつもは、いきなりなんてしないのに。何か気に障るようなことを言った？　あ、怪我をさせられた腹いせ？)

羞恥《しゅうち》に悶《もだ》える思考で導き出した答えを自分に無理やり納得させようとした時、触れていたクラウディオの顎がふいに滑らかになった。

不審に思ってそちらを見たローゼマリーはぽかんと口を開けた。

「ローゼマリー……離せ」

地を這《は》うかのようなクラウディオの声がして、はっと我に返る。顎から手を離して起き上

がったローゼマリーは改めてクラウディオを正面から見て、驚いた。

「……顔が、人間の顔に見えます」

何が起こったのか今いち頭が回らず、ただぽつりと呟くと、クラウディオが大きく目を見開いた。

「本当か？　まさか、今ので戻ったの、か？」

起き上がったクラウディオが、手を伸ばしてこようとするので、ローゼマリーはとっさにのけぞってそれを避けた。が、のけぞりすぎて、がくりと寝台についていた腕が外れる。

「――あっ」

「危ない！」

クラウディオに腕を引っ張られて、抱き込まれる。冷たい床に落ちることはなかったが、その代わりとでもいうように、鼓動が速くなる。

「全く、何をやっているんだ」

耳元でほっとしたようなクラウディオの声がした。くらくらするような感覚に、頭がのぼせているのがわかる。

「……離してください」

思っていた以上に、自分でも情けなくなるくらいか細い声が出た。体を包み込んでいたクラウディオがゆっくりと身を離す。しかし、腕はつかまれたままだ。

「なぜ避けるんだ。さっきのキスが嫌だったのか？　いきなりしたのは悪かった。謝るから機嫌を直してくれ」

「違うんです。嫌だったのではなくて……。とにかく、ちょっとだけ離れてください」

いつも以上に、クラウディオの顔がどうしても見られなかった。好きだと自覚する前は、それほど羞恥が長引くことはなかったのに。表情がよくわかる人間の顔に戻ったからなおさらだ。

つかまれていた腕に一瞬だけ力が込められて、やがて静かに離される。

「――わかった」

クラウディオがそう言ったかと思うと、寝台から降りる気配がした。

「まだ昨日のことをすべて話し終わっていない。身支度を終えたら、居間に来てくれ」

淡々とそれだけを告げると、クラウディオは寝室の外へと出ていった。

クラウディオが出ていくなり、ローゼマリーはぽすり、と枕に顔を埋めた。すぐ側で丸くなっていたモモンガがその衝撃でようやく目を覚ましたのか、頭に身をこすりつけてきた。いつのまに返されたのか、首に掛けられていたカオラのペンダントからふわりと甘い香りが漂ってきて、泣きそうになる。

「……怒らせた」

いくら恥ずかしくて仕方がなかったとはいえ、もう少し言いようがあったのではないだろうか。あれではさすがのクラウディオも嫌気がさすだろう。

自己嫌悪に陥って、精神安定を図るべくバケツを探そうと身を起こすと、折よく扉が開かれた。

「姫さま、おはようございます！　ご気分はいかがですか？」

明るい声で挨拶をしながら入ってきたハイディの姿を見たローゼマリーは、ふるりと唇を震わせた。

「……バケツを被りたい気分よ」

「わかりました。クラウディオ殿下の首をちょっと絞めてきますね！」

瞬時に黒猫の頭になって物騒なことを口にしたハイディがすぐさま踵を返したので、ローゼマリーは慌ててその腕に取りすがった。

＊＊＊

紅い唇が、ひらひらとまるで蝶《ちょう》の羽ばたきのように動いていた。

「あらまあ、そうですの。それでその時にはどうなさいましたの？　うふふ、まあ、ご冗談を。ああ、そういえばクラウディオ様は――」

軽やかな笑い声を交えながら、クラウディオの隣に座って喋《しゃべ》っているのは、カヴァンの王女、シュゼットだ。

（すごくよく喋る……。どうしたらあんな風に喋れるのかしら）

ローゼマリーはクラウディオの向かいの席につきながら、嫉妬を通り越して感心してしまった。とてもではないが、口を挟む隙がない。

背後に控えたハイディから怒りの気配を感じて振り返ることができなかった。

朝の食堂は寝過ごす人がいるのか、昨日の夕餉時よりは幾分か減っていたが、それでもそれなりに騒がしい。

自分たちより大分遅れてきたシュゼットは、今日《きょう》はローゼマリーがクラウディオの隣に座っていないと見るや隣に陣取って、にこやかに喋り始めたのである。

あれからどうにか平静を取り戻し、やはり不機嫌そうなクラウディオとエーデルトラウトの話を聞いたのだが、その内容は彼の言う通り楽しいものではなかった。

チェストに隠されていた宝石は聖物で、聖水は一年前までは飲むことはなく、そして自分は夢遊病のように眠ったままどこかへ行こうとする。しかも誰かに呼ばれていると錯乱して。

（エーデ様には魔術はかかっていない、とは言われたけれども……。でも、聖水は飲まなかったのに）

クラウディオの背後に相変わらず眠たげな表情で佇むエーデルトラウトを見やって、小さく嘆息する。

小間使いのアデリナが持ってきてくれてから、モモンガが引っ繰り返してしまうまで、一口も飲まなかった。原因の可能性があるかもしれない、と言われただけに、違うとなれば結局何が原因でハイディ曰《いわ》く恐怖小説のような状況に陥ったのだろう。

錯乱している自分の姿を思い描き、ぶるりと身を震わせる。

「寒いのか？」

「え？」

それまでシュゼットと楽し気に喋っていたクラウディオに唐突に話しかけられて、きょとんと目を瞬いた。

「震えていたようだから、寒いのかと聞いているんだ」

聞き返されたのが不満だったのか、眉をひそめたクラウディオを見て、ローゼマリーは首を横に振った。獅子頭の時よりも表情がよくわかる分、機嫌がよくわかっていいのか悪いのか判断に迷う。

「いいえ、あの……」

「寒いようだったら、先に戻っていろ」

朝食の山羊《やぎ》のミルクで煮たという、ミルク粥《がゆ》はすでに食べ終わっていた。夕餉もそうだったが、食事はそれほど豪華ではなく、庶民が食べる物のように質素だ。やはりこれも身分の上下なく公平に、ということなのだろう。昨日の兎のスープ同様、優しい味で気に入っている。

戻れ、と言われてしまったローゼマリーは、気分が落ち込むのを抑えてすっと席を立った。

「——はい、お先に失礼します」

「ああ、気を付けて戻れ。アルトを連れていくんだぞ」

昨夜と違い、クラウディオは立ち上がったローゼマリーに付いて立つことなく、シュゼットとの会話を再開した。エーデルトラウトがわずかに目を細めて小さく頷く。

ちらりとこちらに向けられたシュゼットの目が勝ち誇ったような笑みを浮かべている。みるみると金茶の犬の頭に変貌したシュゼットに、ローゼマリーは恐怖でというよりいたたまれなくて、足早に食堂を出た。

「——姫さま、やっぱりクラウディオ殿下の首を絞めにいってもいいですか？」

「侍女殿、落ち着いてください。殿下のなされたことに怒られるのも無理はないですが……。何か深いお考えがあるのです」

食堂を出るなり、怒り心頭のハイディが黒猫の頭で声を震わせながら訴えてくるのに、クラウディオが一緒に来ない理由を室内を見て悟ったのか、戸口で合流したアルトが困ったようになだめた。

「姫さまというものがありながら、他国の王女と喋るのに邪魔だから戻れ、だなんて、これのどこに深——いお考えがおありになるんでしょうね？」

「いえ、それは私の口からはなんとも……」

ハイディに詰め寄られたアルトが、たじたじになって口ごもる。ハイディがかっかと怒っているので、ローゼマリーは何となく怒る気が失《う》せてしまった。

「ハイディ、わたしは気にしていないから、戻りましょう」

自分の為に怒ってくれるハイディに感謝しながら、腹心の侍女を促すと、彼女は渋々ながらも歩き出した。

そこへ世話役のイルゼがやって来る。今日は灰色の鳥頭だった。そのことにわずかに身を引く。

「お部屋にお戻りですか？　経路はおわかりでしょうか」

「――ええ、はい。何とか大丈夫だと思います」

ハイディやアルトを振り返ってみると、頷いてくれたので、イルゼにその旨を伝えると、司教は軽く会釈をして立ち去ろうとした。ふと、思い立ってその背を呼び止める。

「――あの、ランセル司教様。お忙しいですか？」

「いえ、日々のお勤めよりもお世話を優先するようにとのことです。何か御用でしょうか」

きょとり、と探るように鳥の目が動く。そのことに内心びくつきながらも、ローゼマリーは口を開いた。

「聖者様の礼拝堂に連れていって欲しいのです。お祈りを捧げたくて……」

沈んだ気分を払いたかった。クラウディオに嫌われたとしても、出会ったばかりのあのつんけんとした状態に戻るだけだ。傷つくことはない。そう言い聞かせたかった。

「わかりました。ご案内いたします」

口調はやはり淡々としていたが、引き受けてくれたイルゼについて礼拝堂へと向かう。

礼拝堂には今日も人気はなかった。イルゼによると、朝の礼拝が終われば朝餉《あさげ》の支度やその他の雑務に追われるので、ほとんど人が来ないそうだ。礼拝堂が一般に公開されるのも、午後かららしい。

昨日と同じようにハイディを伴って祭壇に進み、手を組み合わせて祈りを捧げる。その拍子に、ふわりとカオラの香りが漂ってきて、胸を締め付けた。

(こんなことで落ち込んでいる場合じゃない。嫌われたら、魔力を返した後、フォラントに帰れる、そう喜べばいいのよ)

それはとても理想的な気がした。クラウディオも気が咎めることはなく、すんなりとフォラントに帰してくれるだろう。

少しだけ浮上した気分で、ゆっくりと立ち上がる。

もう一度祭壇を見上げて、見事な彫刻を眺めた時だった。

聖者の像の下に跪く海馬の像。その折りたたまれた四肢と台座の隙間《すきま》に、茶色い動物の毛のようなものが見えた。昨日、あんなものがあっただろうか。

「あの、ランセル司教様、海馬の下に動物の毛皮の敷物など、引いてありましたか？」

「動物の毛皮？　いいえ、そんなものはありません」

振り返ってイルゼに尋ねると、司教は珍しく不思議そうな声を上げた。イルゼは近寄ってくると、鳥頭を傾けた。

「誰がこんなものを押し込めて……」

祭壇を回って毛皮を取り出したイルゼの声が途切れる。

「どうかしました――っ」

「見るな！」

不審に思ったローゼマリーはイルゼの手元を覗《のぞ》き込もうとして、鋭く制する声と共に肩を突き飛ばされた。

「姫さま！」

驚いてよろめいたその体を、背後にいたハイディが慌てて支える。初日と同様にやはり戸口に控えていたアルトが、素早く駆け寄ってきた。

「ランセル司教殿！　何をなされ……っ！」

ローゼマリーをかばうように立ちふさがったアルトの背中が大きく揺れる。その背が邪魔になって、イルゼが持っている物が何なのか見えない。

「騎士様、ローゼマリー様をお部屋へ。この件は私のほうからクラウディオ様にご報告します」

「かしこまりました。妃殿下、参りましょう」

よほど見せたくないものなのだろう。アルトが長身を生かして、背後のイルゼを見せないようにする。そのことに、じわじわと恐怖が募ってくる。支えてくれていたハイディともども手を握り合った。嫌な予感がする。

思い起こせば、ここは、あの猟奇的な方法で殺されていたネズミが置いてあったという礼拝堂だ。

「あの、クラウゼン様、何が……」

じっとりと汗ばんでくる手を握りしめて、恐る恐る問いかけると、歩くようにと促していたアルトが、ためらうように背後を見やってすぐにこちらを向いた。

「――兎です。あのネズミと同じ」

遠回しな言い方だが、それだけで察してしまった。

「ひ、姫さま……」

息を呑むハイディに、ローゼマリーもまた息を詰めた。

ネズミと同じ。それは、その兎も両目がないというのか。

体の底から震えが立ち上ってきた。イルゼが焦って突き飛ばすのも仕方がない。

「ここは危険かもしれません。お部屋に戻りましょう」

誰かが潜んでいるかもしれないので、と急《せ》き立てるアルトに従い、足を動かしかけて振り返る。

「あの、兎の埋葬を……」

「私どもが手厚く葬ります。ローゼマリー様はお気になさらずに」

外したケープでくるんだ塊を抱えながら、人の頭に戻ったイルゼが静謐《せいひつ》な表情を変えずに言った。きちんと弔いをすると言ってくれたことに安心感を覚える。

小さく頷くと、ローゼマリーはハイディに手を引かれて歩き出した。

足早に宿泊している部屋の前まで戻ってきた時、扉を開けようとしたアルトが、急に険しい顔で動きを止めた。

「クラウゼン様？　どうか――」

呼びかけに、アルトは黙るようにと自身の唇の前に指を立てた。

唇を引き結んで言葉を呑み込むのとほぼ同時に、部屋の中から何かを叩《たた》きつける音が響いてきた。

（誰か、いるの？）

クラウディオたちが自分たちよりも早く戻ってくるはずがない。フリッツはやはり朝から姿が見当たらなかったが、クラウディオからの調べ物を請け負っているとのことで、こんなに早く戻ってくるわけがない。

アルトが身振りで下がるように示してきた。ハイディと共にそっと扉から離れる。

それを確認したアルトが、慎重に扉を細く開け――。

「きゃあぁあぁあっ!!」

室内で女の悲鳴が響き渡った。アルトが大きく扉を開ける。

――と、一拍の後、室内から雪崩《なだ》れるように大量の白い毛玉がこぼれ出てきた。足を取られたアルトが、あっという間にそれに呑み込まれる。

「クラウゼン様！」

よく見れば、それらは円《つぶ》らな瞳と、背中を覆うようなふかりとした尾、そして手足にかけての被膜が特徴的なモモンガだった。

「――っ、エーデルトラウト様はふざけているのか!?」

珍しく怒りもあらわに鹿頭になったアルトが、どうにかモモンガの大群の中から抜け出して来る。

「ええと、怪我をさせない為の配慮、だと思います……」

「でも、ちょっと大量すぎて気持ち悪いと思いません？　姫さま」

ハイディと共に表情をひきつらせたローゼマリーは、ふと室内で何匹ものモモンガにまとわりつかれている少女がいるのを見つけた。信じがたい思いで瞠目《どうもく》する。

「このっ、何なのよ。登ってこないで！　寄って来るな！」

「アデリナ……！」

必死でよじ登ってくるモモンガたちを払い落としていた小間使いの少女は、ローゼマリーの叫びに、大きく肩を揺らしてこちらを見た。その頭は短い毛に覆われたイタチの頭。

「あっ、奥方様。申し訳ございません！　お掃除に入ったら、こんなことに……」

それは本人が挨拶をしにきた時に聞いているから、ここに彼女がいても不思議ではない。

ローゼマリーたちのいない隙に済まそうとしていたのだろう。だが。

ローゼマリーが一歩室内に足を踏み入れると、ざあっと一匹だけ残して大量のモモンガが消えた。額に花模様のあるモモンガが床を素早く走り寄ってきて、肩まで駆け上る。

「助かりました、奥方様」

ほっとしたのか、人間の頭に戻ったアデリナに近づいたローゼマリーは、瀟洒《しょうしゃ》なチェストが少し傷ついているのに気付いた。

「アデリナ」

「はい、なんでしょう？」

小間使いの少女が打てば響くようにはきはきと答える。彼女が手にしていた掃除用らしきバケツの底が少しへこんでいた。

「チェストに大事な物を入れたから、クラウディオ様が開かないように魔術をかけたの。あと、無理に開けようとすれば、その痕跡《こんせき》がわかるようにしていたわ」

正確にはかけたのはエーデルトラウトだが。どんな風になるのかは知らなかったが、まさか大量のモモンガの幻を見せるとは。和ませたいのか、脱力させたいのか、理解に苦しむ。

引き出しには鍵がないので、開けようとすれば開けられる。それが開かないとなれば、中の物が大切な物であればあるほど必死になる。だが、中身は空なのだ。聖物はクラウディオが持っているのだから。

事態を察したアルトが、すっと扉を閉めてその前に立ちはだかる。

「――どうして、開けようとしたの？」

「開けようとなどしていません。掃除をしていてチェストを倒してしまったので、引き出しが壊れたのかと思って焦ってしまいまして……。勘違いをさせてしまって、すみません！」

苦笑いをしたアデリナの顔が、すうっと短いオレンジ色の毛に覆われたイタチの顔へと変貌する。

（嘘を、ついている）

自分の妹と似ていると思っていただけに、その姿に酷く落胆した。ローゼマリーは気落ちしたまま彼女に近づき、その手から掃除用のバケツを奪い取った。

「奥方様！　何を……」

「このチェストの傷、バケツの底のへこみと一致するわ。もしかして、叩きつけたの？　どうしてそんなことをしたの？」

部屋に入る前に聞こえてきた何かを叩きつける音。それはこれだったのかもしれない。アデリナが怯《おび》えたように後ずさる。

「開けようとしたのよね？　中に何が入っているのか知っていたから」

「私は……、あたしは、違うっ、そんなこと……」

「アデリナ、お願いだから答えて。どうして、聖物をチェストに隠したの……？」

懇願するように問いかけると、彼女はがくがくと身を震わせ始めた。かと思えば力なく膝をついて、俯《うつむ》いた。

小さな背中が小刻みに震える。追い詰めすぎたかと心配になって、ローゼマリーはその背に手を添えた。

「アデリナ、あの……」

細かく震えていたその肩が、一際大きく揺れた。イタチの頭がぱっと上げられ、天井を振り仰ぐ。

「あははは、だって、あの異形の王太子が全部悪いんだ。あたしたちから家を奪ったんだから！」

狂ったように笑い出したアデリナに、ローゼマリーは手を引っ込めて顔を強ばらせた。

「クラウディオ様が、家を奪った……？」

「そうよ。あの異形の王太子が大司教様を捕らえなければ、孤児院が閉鎖されることもなかったのに。みんなが行方《ゆくえ》不明になることもなかったのに。全部、全部、あの獣のせい……っ」

瞳孔《どうこう》が開ききった、血走った目を向けられて、ローゼマリーは思わず後ずさった。肩に乗ったモモンガが、警戒の声を上げる。

「聖物を盗んだ罪で、死刑にでもなればいい。そう、死んでしまえ。死んで詫《わ》びて、死んで、死ね死ね死ね――」

明らかに正気を失い、頭を揺らしながら、ぶつぶつとイタチの口が怨嗟《えんさ》の言葉を紡ぐ。しかしながらその声は悲痛な色を帯びていて、胸を締め付けた。

「姫さま！」

「妃殿下！」

「ローゼマリー！」

ハイディとアルトが焦った声を上げるのが聞こえる。幻聴なのか、クラウディオの声も混じっていたような気がした。気付けば、ローゼマリーはアデリナの細い体を力いっぱい抱きしめていた。

アデリナの体が大きく震える。苦しがるように身をよじった。

「離せ離せ離せぇえっ！」

錯乱する彼女をそれでも必死に抱きしめていると、ふうっとその体から何かがはがれ落ちるような不思議な感覚がした。

不審に思った次の瞬間、アデリナは喉をのけぞらせてそのままくたりとこちらに倒れ掛かってきた。

「……アデリナ？」

まさか絞め落としてしまったのだろうかと、ひやりとする。人間の頭に戻ったアデリナの背中をさすると、彼女はふっと気を取り戻した。

「――奥方様？　あたしは何を……」

まるで憑《つ》き物が落ちたかのように、目を瞬かせたアデリナははっとして身を離した。その表情が再びイタチの頭になり、ローゼマリーの背後へと怯えの視線を向ける。

「何を、とはずいぶんなことだな。どこまでが自分の意志だ？　小間使い」

静かな怒りを帯びたクラウディオの声に、ローゼマリーは急いで後ろを振り返った。いつの間に戻ってきたのか、扉の側に眉間《みけん》に皺《しわ》を寄せ、アデリナを睨みつけるクラウディオの姿があった。

「大司教、と言ったな？　俺が捕らえた大司教なら、罪状を上げたらきりがない、どうしようもない屑《くず》だぞ。逆恨みもほどほどにしてくれ」

「……っ、逆恨みなんかじゃ、ない。あんたが孤児院を閉鎖したから、みんなが行方不明になったんだ。今頃、どんな目に遭っているか……」

憎しみの視線を向けられても、クラウディオは腕を組んで平然と見返した。

「俺が閉鎖した孤児院というと、査察に入らせたあそこか……。たしかあそこは院長が国から支給された運営費や、貴族からの寄付をケストナー大司教に横流ししていたところだな」

　イタチの頭のアデリナの目が、大きく見開かれる。震える手が拳《こぶし》を作った。

「そんな、だって、院長先生は優しくて、私が不甲斐《ふがい》ないから貧しい暮らしをさせてごめんなさいねって、いつも言ってくれて……。だから、あたし、大司教様の伝手《つて》で聖地に仕事をしに来た時から、ここでのお給料も……」

「仕送りをしていたのか？　それが孤児たちに回っていたのかどうかはわからないが、少なくとも、保護をした時には栄養状態もよくない、がりがりの体の子供たちばかりだったと、報告を受けている」

　アデリナは口元を覆って床に崩れ落ちた。イタチ頭のままの茶色の瞳《ひとみ》からぼろぼろと涙がこぼれ落ちる。

「孤児院にいた子供たちは離れ離れにはなったが、国営や、信頼のおける人物が運営しているいくつかの孤児院に入れた。これ以上のことは俺にはできない」

「……嘘だ。そんなのは。あたしを騙《だま》して丸め込もうとしているんだ」

「そう思いたければ、そう思っていればいい。事実は事実だ」

　冷たく聞こえてしまいそうなほど、淡々と事実を告げるクラウディオに、アデリナはさらに涙をこぼした。

「アデリナ、信じられないのなら、新しい孤児院に手紙を送ってみたらどうかしら」

ローゼマリーが膝をついてその肩に触れようとすると、その手を払われた。

「触らないで！　あんたみたいな『慈悲深くて優しい私』に酔っているお姫様なんか大嫌い。なんにも苦労なんか知らないくせに、勝手なことを言うな！」

アデリナはぱっと立ち上がると、扉から逃げ出そうとしてクラウディオに捕まった。

「離せっ、この獣！」

「お前、聖物をどうやって盗んだ？」

低く問うクラウディオに、アデリナはつんと顎をそらしてだんまりを決め込んだ。

「答えないつもりか。それなら、聖物が人体に影響を及ぼすと知っていて、隠したのか？」

「人体に影響……？」

訝《いぶか》し気なアデリナに、知らないと察したのか、クラウディオはその手を離した。じりじりと後ずさりしたアデリナが、身を翻《ひるがえ》して逃げ出していく。

「追うな、アルト。これ以上何かを起こすことはないだろう。馬鹿《ばか》でなければな」

追いかけようとした側近をとどめ、クラウディオは嘆息した。その視線がローゼマリーに向く。

「怪我はないか？」

声をかけられて、ローゼマリーはぎこちなく頷いた。そうして弱く笑う。

「嫌われて、しまいました」

「気にするな。俺は『死ね』と言われた」

笑えない冗談に唇を引き結ぶと、クラウディオもまた笑みを引っ込めた。

「全く、こんなところまであの屑大司教の悪影響が及んでいるとはな。どこまで根を伸ばしていたのか……」

苦々し気に眉間に皺を寄せたクラウディオは、ローゼマリーに座るように促した。

長椅子に腰を落ち着けると、思っていた以上に緊張していたのかくらりとめまいがして、とっさに椅子に手をついて体を支える。肩に乗っていたモモンガがするりと頬に身をすり寄せる。

ハイディがお水を用意しますね、と言って慌てて部屋の片隅へと行った。

「気分が悪いなら横になれ。エーデ師、少し診てやってくれ」

一人掛けのソファに座ったクラウディオが後ろを振り返る。クラウディオと一緒に戻ってきていたのだろう。戸口からひょこりと頭を覗かせたエーデルトラウトが滑るようにやってきて、手袋に包まれた手で額に触れてきた。そうして無表情ながら、不思議そうに首を傾《かし》げる。

「アナタ、すごく微量だけど、クラウディオのじゃない別の魔力を帯びている。どこで吸い取ったの」

思わぬことを問いかけられ、ローゼマリーは目を見開いた。

「どこ……？　え、わかりません。魔術師の方にはお会いしていないので……」

「魔術師じゃなくても、魔力持ってる人いる。今朝《けさ》はこんなものなかった。朝餉の後、誰かに触った？」

なぜか詰問されているような気がしてきて、ローゼマリーは必死で思い出そうとした。無言で見据えてくるクラウディオの視線も痛い。

(朝餉の後にはランセル司教様に会ったけれども、触っていないし……。ハイディは違うし、クラウゼン様も……あ)

いる。ひとりだけ。

「アデリナ……」

「アデリナ？　さっきの小間使いの子？」

不審そうなエーデルトラウトに、ぎこちなく頷いて見せる。

「はい。錯乱した彼女を抱きしめた時、少しおかしな感じが……。こう、なんていったらいいのか、皮がむけるような、覆っていた何かがはがれるような感じがしました」

そういえば、あの後急にアデリナが正気を取り戻したのだ。怒りを帯びてはいたが、少なくとも我を失ってはいなかった。

「それ、魔術が解けた印。なるほど。そういう、こと」

ひとりで納得してしまったエーデルトラウトを恐々と見上げると、筆頭魔術師はローゼマリーの額から手をどけてクラウディオを振り返った。

「あの小間使いの子、魔術かかってた。きっと、聖物を盗んだのも、そのせい。あの子の中にある憎しみ増長させる、魔術」

「――やっぱりそうか」

渋面を浮かべたクラウディオは、考え込むように顎に手をやった。こちらを見るでもない表情は険しい。

「憎しみを増長……」

魔術がかかっていたからこそ、あんな大それたことをしたというのだろうか。ということは。

「アデリナに魔術をかけた人物がいるのですか？」

「そうだな。魔術師禁制のこの地下大聖堂内にな」

クラウディオが硬い声で肯定し、組んだ足の上で手を組み合わせる。

「ランセル司教から、聖者の礼拝堂に今度は兎の死骸が置かれていたと聞いた。もしかしたら、一連のその件も何か関係しているのかもしれない」

得体の知れない魔術師がいる。何の目的でそんなことをしているのかわからないだけに、一層不気味さを覚えた。

「エーデ師、ひとつ聞きたいんだが……」

ふいに何事かを考えていたクラウディオが、珍しくためらいがちに口を開く。

「可能性のひとつとして、『禁忌の森』の番人の前任、レネ殿がこの件に関与していると思うか？」

ローゼマリーははっとして顔を上げた。

たしかに魔術師と言われて、エーデルトラウトの他に自分が思い浮かべるのは、聖物礼拝の儀に現れるという話の前任の『禁忌の森』の番人、魔術師レネだ。

「俺はレネ殿の人となりを知らない。何か理由があれば、命を弄《もてあそ》ぶような、危うい人物か？」

クラウディオに問われたエーデルトラウトはひとつ瞬きをして、目を細めて渋い顔をした。

それは表情が乏しいエーデルトラウトにしては、珍妙な表情だった。

「レネ師匠、ワタシに番人の任を譲った時、『ひゃっほう、数十年ぶりの娑婆《しゃば》だぜ！　あー、空気が旨《うま》い！　水が甘い！　お宝が俺を呼んでいる！』……って言って、小躍りしながら出ていったけど」

ちょうど水を持ってきたハイディが思わず、というように噴き出す。扉の前ではアルトが笑いをごまかすような咳《せき》をしていた。

「しゃば？」

ローゼマリーが聞いたことのない言葉に首を傾げると、ハイディがこそっと教えてくれた。

「牢獄《ろうごく》のような隔離された場所から見た、外の世界のことですよ」

ということは、レネは牢獄から解放された囚人か何かの気分だったのだろうか。

どう判断していいのかわからず、そっとクラウディオをうかがうと、彼もまた複雑な表情をしていた。

「――レネ殿は宝物《ほうもつ》が好きなのか？」

迷った末に、前半の部分は聞かなかったことにするらしい。それもそうだろう。自国の重要な役目を担っていた人物が適当そうな性格だったとは、信じたくない。

「そう。三度の飯よりタカラモノが好き。それも、魔術がらみの曰くつきのモノが」

エーデルトラウトは再び表情を動かさずに、聞き捨てならないことを口にした。

「あるな。今、ここに『魔術がらみの曰くつきのモノ』が」

クラウディオが不敵に笑いながら、懐にしまってあるのだろう、聖物を服の上から押さえる。

「なるほどな。聖物礼拝の儀に毎回現れていたのは、盗み出そうとする下見か……」

「多分、違う。収集目的じゃない。レネ師匠が好きなの、曰くつきのモノの謎《なぞ》を解明すること。自分の管理下に置くのは嫌う。『宝はその場所にあることにこそ価値がある』『無闇《むやみ》やたらに魔術を解くと痛い目を見る』『魔術の使用は理性的に』が持論。だから一か所にとどまることしていない」

ことごとく予想を裏切ってくれる前任の番人に、クラウディオが半眼になった。

「ああもう、よくわかった。レネ殿はやりそうにもないということがな」

やりそうにもないのはたしかによくわかったが、カオラと自分たちの状態を見せても大丈夫なのだろうかという不安がもたげる。しかし、ローゼマリーは賢明にも黙っておいた。

「レネ殿がどうも違うとなると、やはり他に魔術師がいると見たほうがいいか……」

「あの、アデリナのように、魔術をかけられている方は他にもいるのでしょうか？」

いたとすれば、その人もアデリナのようにいつもは起こさない大胆な行動を起こしている可能性がある。

「――まあ、そうだな。いるかもしれないな」

クラウディオがちらりとエーデルトラウトに目をやって、小さく頷く。

「とにかく、正体はわからないが魔術師が紛れ込んでいると考えていいだろう。さっきも言ったように、小動物の死骸の件もそれに関係していると考えるとすると、その魔術師は聖物礼拝の儀を取りやめさせたいとしか思えない。あくまで仮定だが」

ローゼマリーは膝の上に乗せた手を握りしめた。

「聖物礼拝の日までに、まだ何か起こるでしょうか？」

「起こってもおかしくはない、とは言える。――まあ、俺は解決しようと首を突っ込む気はないが」

面倒そうに嘆息するクラウディオを見て、ローゼマリーは予想外の言葉に目を瞬いた。

「色々と分析しているようですから、解決しようとしているのかと……」

「考えておかないと、何かあった時に対処ができないだろう。こちらに被害が及ばないなら、余計なことをするつもりはない。今回の目的は前任の『禁忌の森』の番人に会って話を聞くことだ。最悪、聖物礼拝の儀が行われなくても、レネ殿に会えればそれでかまわない」

それは正論だ。たしかに自分たちが出しゃばることではない。聖地の人々が解決すべきことだ。こちらはあくまで客人なのだから。それでも何となくそれでいいのだろうかという思いが浮かぶ。

「あの、それはアデリナのことも枢機卿様方には報告しないということですか？」

「いや、報告だけはさせてもらう。さすがに見過ごせないからな」

「……そうですよね」

「なんだ、不満そうだな」

クラウディオに訝し気に問われて、ローゼマリーは一瞬だけためらい、しかし口を開けた。

「魔術に操られていたからあんなことを起こしたのだと思うと、その……」

「不憫《ふびん》か？　だが、そもそも心の中に俺をどうにか追い詰めたい、という思いが欠片《かけら》もなければあんなことにはならなかったんだぞ」

「それは、わかっています。仕方がない、では済まされないことも。でも、クラウディオ様を誤解したままでいられるのは、気になってしまって」

このままでは、自分が罪に問われるのもクラウディオのせいだと恨むだろう。だからせめて誤解を解きたい。

真顔でじっとこちらを見据えてくるクラウディオの視線がいたたまれなくて、ローゼマリーはつい視線を落としてしまった。

「――そんなことは気にしなくていい。それに、すぐには報告しない。そうすると聖物も返さなければならなくなるからな」

「返してしまっては、駄目なのですか？」

関わりたくないのならば、すぐに返すのかと思っていたが。ローゼマリーの問いかけに、クラウディオは目を眇《すが》めた。

「お前が今夜も眠ったまま歩き出した時に、もしかしたら必要になるかもしれない。聖物礼拝の儀当日まで返さずにいようと思う」

ローゼマリーは肩を揺らした。そうだ。その問題がまだあった。それを思い出すと、眠るのが少し怖くなってくる。

「一晩中起きていたほうがいいのかもしれませんね」

恐ろしさを払拭《ふっしょく》しようと、わざと冗談めかしてみると、クラウディオは顔をしかめた。そうしてそれに答えることはせずに、立ち上がる。

「今日は特に予定もないだろう。お前は好きにすごせばいい」

「クラウディオ様はどこかへ行かれるのですか？」

どうもどこかへ行くような気配を覚えて、何の気もなしに尋ねると、クラウディオはちらりとこちらに視線をやってすぐにそらした。

「シュゼット殿が何人かの賓客を集めて茶会をするからと、それに誘われている」

「え……」

「外交とまではいかないが、各国の情勢を聞くいい機会だ。出席しようと思う。お前は出なくていい」

来るな、と言われているようでわずかに胸が痛んだが、クラウディオは以前にもローゼマリーが人の悪意が獣の頭に見えるのが怖い、というのを気遣って、宴に出なくていいようにしてくれようとしたことがあるのだ。それを思い出して、顔を上げた。そういう場には夫婦同伴のことが多い。

「あの、わたしは大丈夫です。そういった場所は――」

「出なくていいと言ったのが聞こえなかったのか？　誘われているのは俺だけだ」

軽く苛立ったように嘆息するクラウディオに、ローゼマリーはそれ以上ついていくと言うことができずに、口をつぐんだ。

「――わかり、ました。行ってらっしゃいませ」

「ああ、行ってくる」

笑みを浮かべるわけでもなく部屋を出かけたクラウディオの背を、ふいにローゼマリーは呼び止めた。

「クラウディオ様、朝の補給はしなくていいのですか?」

手を握って体調を整える日課をまだやっていない。これをしておかないと、クラウディオの体調に影響が出るかもしれない。嫌われていたとしても、それだけはやらなければ。

「今日はいい」

立ち上がって手を差し出したが、クラウディオは一瞥《いちべつ》をくれただけで扉を開けた。そのまま振り返りもせずに出ていってしまう。

呆然《ぼうぜん》と立ち尽くしたローゼマリーの差し出したままの手を、ふいにそっと近寄ってきたエーデルトラウトがぎゅっと握りしめて上下に振った。

「ちょっと蹴《け》り飛ばしておくから」

普段は笑うことの少ない唇に、うっすらと笑みを浮かべたエーデルトラウトが、クラウディオの後を追って部屋の外へと出ていった。

扉が完全に閉じてしまっても、ローゼマリーがその場から動けずにいると、ハイディが気遣わし気に声をかけてきた。

「姫さま?」

「——ハイディ、ちょっと金づちを借りてきてくれる?」

「え?」

ぎょっとしたようにハイディが顔をひきつらせた。

「妃殿下、いくら殿下が酷いとはいえ、それはなりません！」

戸口に控えていたアルトが、蒼白《そうはく》になりながら窘《たしな》めてくる。

「そうです姫さま、あんな妻ではない他の女に現《うつつ》を抜かす最低男の為に姫さまが犯罪者になるのは――」

「落ち着いて、ハイディ、クラウディオ様を殴りにいくのではないから。ちょっとバケツを壊そうかと思って……」

「姫さまが、ご自分の一部だっていうバケツをですか？　大丈夫ですか？　正気に戻ってくださいな！」

安心させるつもりが逆に心配させてしまった。ローゼマリーは肩を揺さぶってくるハイディの手を握って、笑いかけた。

「バケツがあると逃げ込みたくなるから、ちょっと壊そうと思っただけよ。衣装箱にしまっただけだと、すぐに出してしまうから」

何かあるとバケツを被るのはやめよう。クラウディオが被るなと何度も言ってきたことを、嫌われてからようやく決意できるとは思わなかった。

「少し遅かったのかもしれないけれど……」

「いえ、そのままの姫さまでいてくれていいですから、大丈夫ですから！」

涙目でハイディが言い募ってくるので、ローゼマリーは彼女にバケツを預けることで、どうにかその場は心を落ち着かせた。

＊＊＊

どかり、と唐突に後ろから尻を蹴られて、よろめいたクラウディオは憤然と後ろを振り返った。

「エーデ師、何をするんだ」

「フォラントの王女、ついてこさせたくなかったからとしても、言いすぎ」

表情は浮かんでいないにしろ、目がじっとりと非難の色を帯びているエーデルトラウトから、ふいと顔をそらす。

「連れていけるわけがないだろう。あんな親の仇《かたき》のようにローゼマリーのことを睨む王女の前には。あれくらい言わないと、納得しない」

「傷つけても？」

的確な指摘に、クラウディオはぐっと唇を一瞬だけ噛みしめた。

「仕方がないだろう。もしかしたらあのカヴァンの王女も魔術にかかっている可能性がある。

やけに俺にまとわりついてくるしな。俺があの女の目の前でローゼマリーといれば、憎しみを増長させて何かやらかすかもしれない」

　自分の行動の結果が善悪どうであれ、巡り巡ってアデリナのようなことになってしまっている例もある。

「俺の側にいると、俺への恨みもローゼマリーに向かう。少し離れさせておいたほうがいい」

　それでも、エーデルトラウトの指摘する通り、少し言いすぎたと後悔はしている。

「本音は？」

「ローゼマリーが足りない」

　今朝のキスを嫌がられた件からまだ半日も経《た》っていないというのに、触れたくてしかたがない。拒否されるとよけいにそう思う。

「あいつは近づくのは嫌だと言ったくせに、朝の補給をしようなどと口にするんだぞ。どういうつもりなんだ、俺は弄ばれているのか……」

　それが仕事だと割り切っているのかもしれないが、地味に傷つく。

　深くため息をついて額に手を当てる。

「フォラントの王女に、そんな高度な芸当できない。お互いに、もう少し話し合ったほうがいい。ワタシにまた幻を見せられてもいいの」

　淡々とした中にどこか面白そうな響きを感じて、クラウディオは眉根《まゆね》を寄せた。

まだ険悪な状態だった頃、ローゼマリーを町に連れ出したエーデルトラウトが野盗に襲われる幻を見せて馬車を一時、隠した。ローゼマリーが城に戻ってこないと聞いて、彼女を傷つけたまま謝らなかったことを酷く後悔したことはよく覚えている。

「あ、ここにフォラントの王女と握手してきた手があるんだけど」

両手をこちらに向けて見せるエーデルトラウトの手をうっかりと取りそうになって、はっと我に返った。エーデルトラウトがくすりと笑う。

「末期だね」

「うるさい。放っておいてくれ」

からかわれたことにかっと赤面して、足音も高く通路を歩き出した。

第四章　見えるものと見えざるもの

「いいですか？　ハイディはお隣の居間で待機していますからね。何かあったらすぐに声を上げてくださいな。モモちゃんも姫さまをお守りしてね」

ローゼマリーの肩に乗ったモモンガが、返事をするようにぱっと立ち上がる。

何度も念をおすハイディに苦笑しつつ頷《うなず》くと、彼女は心配そうに眉《まゆ》を下げたまま寝室を出ていった。それと入れ替わるようにクラウディオが入ってくる。その姿はこれから寝るというのに寝間着ではなく昼間と同じ服だ。そこは自分も同じだが、今夜何かが起こるかもしれないので、寝間着ではないほうがいい。

茶会に出席したクラウディオが戻ってきたのは、正午を回って午後の茶の時間が過ぎたあたりで、あまりにも戻ってこないので心配していた頃《ころ》だった。

しかしそれから今寝室に入るまで何を話したのかと言えば、ほとんど会話をした覚えがない。

何を喋《しゃべ》ったらいいのかわからずに、口をつぐんだままでいると、クラウディオもまた澄ました表情のまま無言で寝台に腰かけた。

わずかに迷った末、ローゼマリーもまた反対側に腰を下ろす。顔が見えない分、少しだけ落ち着いた。小さく息を吸って、口を開く。

「――あの」

背後のクラウディオと言葉が重なった。驚いて背筋を伸ばすと、クラウディオのほうからも居住まいを正すような気配がした。

今度はクラウディオが何かを言い出すのを待っているといくら待っても口を開くような感じはしない。そっと振り返ってみると、ちょうどクラウディオも肩越しにこちらを見たところだった。目が合って、互いに表情も動きも硬直する。しかし、絡まった視線をはずしたのは、クラウディオだった。

「アデリナのことなんだが……」

その名を出されて、どきりとした。やはり考えを変えて、すぐに枢機卿《すうききょう》に聖物を盗んだ犯人だと言って突き出すのだろうか。

「ついさっき、ランセル司教から小間使いが代わると伝えられた。理由を問い詰めたら、俺《おれ》の顔が恐ろしいので代えてほしいと言ったらしい」

別におかしな話でもなかった。顔が恐ろしいというのは建前で、聖物を盗んだことがばれているのに、世話を続けるなど危ないことはしたくなかったのだろう。

「そうですか……仕方がないですよね」

部屋付きならばクラウディオへの誤解を解く機会もたくさんあると思っていたが、大分減ってしまった。明日《あす》から彼女を捜すところから始めなければ。

あまりよくない頭を悩ませていると、クラウディオが嘆息した。

「他人のことを気にしている場合ではないだろう。今は、お前の問題だ」

「あ、はい、そうですよ、ね……」

視線を枕《まくら》に落とす。これから眠った後、どうなるのかと思うと目を瞑《つむ》るのが怖くなる。

「俺は起きているから、お前は横になれ。もしも昨日《きのう》のように暴れ出したら、また落ち着かせてやるから、安心しろ」

ローゼマリーは驚いたように彼を見た。嫌われたはずなのに、そんな言葉をかけてもらえるとは思わなかった。

「なんだ？　そんな顔をして。さっさと寝ろ」

不審そうに見やるクラウディオに、ローゼマリーは戸惑いながらも素直に頷いて寝台に潜り込んだ。頬《ほお》の横の辺りでモモンガが丸くなる。モモンガは夜行性のはずだが、このモモンガに限っては違うらしい。

「――そういえば、バケツはどうした？　見当たらないが」

「あ、ハイディに預かってもらっています。衣装箱にしまっておいても、すぐに出したくなってしまうので……」

「預かってもらっている？　お前が？　熱でもあるのか？」

身を乗り出し、心配そうに額に手を当ててきたクラウディオに、ローゼマリーはふと今朝《けさ》のキスを思い出して、その手から逃れるように慌てて掛け布を頭まで被《かぶ》った。

「熱はありません！　大丈夫です。ちょっとバケツ離れに取り組んでみようと思っただけです」

顔が熱い。きっと真《ま》っ赤《か》に違いない。クラウディオの顔も見られないが、こんな顔を見せたくない。自分の気持ちがすぐにわかってしまう。

ふと、クラウディオが黙ったままなのに気付く。無言のクラウディオを不審に思ったローゼマリーはそうっと掛け布から頭を出してみた。するとそこにどことなく落ち込んだ様子で自分の手を見つめるクラウディオの姿があった。

「あの、どうかしましたか？」

クラウディオの肩が大きく揺れる。

「っなんでもな……。いや、その、だな。……手を握ってもいいか？」

ぶっきらぼうに言ってくるクラウディオに、ローゼマリーは再び赤面した。

「えっと、あの……。あっ、今日《きょう》は補給をしていなかったからですよね！」

そのことに気付いて、ローゼマリーは慌てて手を差し出した。クラウディオはわずかに不可解そうな表情をしたが、それでもためらいがちに手を握ってきた。

(何か、クラウディオ様にしては、おずおずとしているような気が……。あ、もしかして嫌がっているの？)

嫌々握らなければならないほど疲れているのかもしれない。

そのことに胸が重くなったが、ローゼマリーはその安心するぬくもりを感じているうちに、いつの間にか眠りに落ちていった。

＊＊＊

——来い来い聖なる獣の愛《めぐ》し子。返せ返せ大切な——を。

暗闇《くらやみ》の奥から風鳴りにも似た声が絶え間なく聞こえてくる。それは耳の中で木霊《こだま》し、思考を奪い、引きずり込まれるような感覚を覚えた。

行かなければ。

そう思って暗闇に足を踏み出そうとしても、体を何かが拘束していて進めない。必死で身をよじり、闇に手を伸ばす。

そちらに行けない。行かなければならないのに。

声はすすり泣きに変わり、悲痛な声を伴ってなおさら自分に呼びかける。

ふいに伸ばした手の先で、何か硬い物をつかみ取った。朱金の光がこぼれて視界を塗りつぶす。

「泣かないで、そちらへ行くから、これを持っていくから、泣かないで泣かないで――っ」

――と、耳元で、何かが弾《はじ》ける音がした。


「ローゼマリー！」

脳髄を震わせるのではないかというほどの怒声で名を叫ばれて、ローゼマリーははっと目を開けた。見開いた目に間近にあるクラウディオの必死な顔と、天井が映る。

「クラウディオ、様……？」

「目が覚めたか？　気分はどうだ？」

労《いた》わるような声に、そこでようやく体に覆いかぶさっていたクラウディオに、両手首を床に押し付けられていることに気付いた。

「わたし……夢の中で呼ばれていました。どうしても行かなければ、と必死で……」

「ああ、実際に部屋を出ていこうとしていた」

身を起こしたクラウディオによって凍えるような床から引き起こされる。起き上がると、寝室の中ではハイディをはじめとするクラウディオの三人の側近が険しい顔で立ち尽くしていた。どこにいたのか、モモンガがひらりと飛んできて、定位置の肩に降り立つ。頬に身をすり寄せられて、そこでようやく恐ろしさが身に染みてきた。

自分の意志とは関係なく、どこかへ導かれようとしている。その事実に足元から震えが立ち上った。ガタガタと震え出した体を、クラウディオがしっかりと抱き寄せる。

「大丈夫だ。お前はここにいる。もうおかしな声は呼んでいないのだろう？」

「……はい、聞こえません」

聞き慣れたクラウディオの声と、耳を押し付けた胸から聞こえてくる心音に落ち着きを取り戻してくる。

「フォラントの王女、少しこっち見て」

落ち着いたのを見計らって、エーデルトラウトがすぐ側《そば》にしゃがみ込んだ。恐る恐るそちらを向くと、筆頭魔術師はローゼマリーの額に手袋に包まれた手を当て、目を覗《のぞ》き込んできた。

「……うん、やっぱり魔術かかっていない。どういう、こと」

口元に手を当てて考え始めたエーデルトラウトを尻目《しりめ》に、クラウディオに促されて立ち上がった。そのまま寝台に座らせられる。

何か飲み物を、と口にしたハイディが居間へと出ていった。

「殿下、これはどういたしますか？」

アルトがそう言って、ローゼマリーの隣に座って背を撫《な》でてくれていたクラウディオに差し出してきたのは、茜色《あかねいろ》に金箔《きんぱく》が散った宝石――聖物だった。

それを見た途端、ローゼマリーは正体のわからない恐ろしさを覚えて、思わずクラウディオの腕をすがるようにつかんだ。そのことに気付いたクラウディオが疎ましいものを見るかのような視線を聖物に向ける。

「あとで貰《もら》う。居間のほうへ持っていっておいてくれ。ローゼマリーに近づけさせたくない」

かしこまりました、と生真面目《きまじめ》に頷いたアルトの持つ聖物を恐々と見やっていたローゼマリーの肩を、クラウディオが包み込む。

「俺から聖物を奪い取って、『これを持っていくから』とうわ言を言っていた。どこへ持っていこうとしていたのかわかるか？」

思い起こしてみれば、夢の中で朱金に輝くものをつかんだ気がする。

「いいえ、わかり、ません……。ただ、暗闇の奥から、動物の鳴き声に似たあの風の音がして……」

「動物の鳴き声に似た風の音？　そういえば、ここに着いた時にも聖者の礼拝堂で聞こえたと言っていたな」

「はい。でも、たしかにただの音のはずなのに、ちゃんと意味がわかるのです。――『来い来い聖なる獣の愛し子。返せ返せ――』」

「『聖なる獣の愛し子』？」

ふいにエーデルトラウトにさえぎられて、ローゼマリーは首を傾《かし》げた。

「何かわかりましたか？」

「『聖なる獣の愛し子』って聞こえたの？　それ、人語を操れる聖獣が、気に入った人間を呼ぶ時の名称」

得体の知れない恐ろしさを感じて、ローゼマリーは身を大きく震わせた。クラウディオが労わるようにその背を撫でてくる。

「ということは、なんらかの聖獣がローゼマリーに聖物を持ってこいと呼んでいるということか？　なぜローゼマリーなんだ」

「わからない。何か理由、あるのかもしれない。でも、魔術がかかっていないのに操られる理由、わかった。呼びかけだから、魔術必要ない」

そんなことがありえるのだろうか。ローゼマリーは戸惑ったように瞬《まばた》きを繰り返した。

「呼びかけられているだけで、動いてしまうことがあるのですか？」

「感情が同調してしまえば、そういうこと、ありえる。たとえば、クラウディオが悲しんでいたとしたら、寄り添いたくならない？　それと、同じ」

たしかに、夢の中で自分はそうだった。悲しみに暮れる『誰《だれ》か』を慰めてやりたくて、胸が痛かった。

膝《ひざ》の上に乗せた手を握りしめ、唇を引き結ぶ。クラウディオが渋い顔で頬杖《ほおづえ》をついた。

「しかし聖獣か……。聖物を持ってこいと言っているから、銀獅子《ぎんじし》はおそらく関係ないだろう。そうなると、別の聖獣になるが……。この辺りで関係するとなると、まさか海馬《かいば》か？」

「海馬……」

この聖堂のあちらこちらで彫刻や絵などのモチーフにされているのを見かける聖獣だ。ローゼマリーたちが宿泊している居間にも、タペストリーに織り込まれたものが飾られている。

「海の守り神とも言われる海馬が、聖物を持ってくるようにと呼んでいるというのですか？」

「順当に考えればそうなるが……。そうだとすれば、呼びかけるのは俺でも誰でもかまわないはずだ。聖物を持ち出せるのなら、それこそあの小間使いアデリナでもよかったはずだ」

それがなぜローゼマリーなのだろう。

そこまで考えて、ふと、ローゼマリーは根本的なことに気付いた。

「あの、そもそも聖物は聖者カミル様が岩塩を掘り出した時に一緒に見つかったものではないのですか？　それを返せというのは、どういうことなのでしょう」

皆の戸惑ったような視線がローゼマリーに集中した。フリッツが困ったように苦笑する。

「それは、ねえ、殿下」

フリッツに呼びかけられたクラウディオが小さく唸《うな》る。

「海馬に呼ばれているとすれば、もともとは海馬の物だったものを人間が奪った、ということだな。そして聖者が見つけたということにして、聖物礼拝の儀を始めた。そう考えれば、神の啓示で秘されていたというものを、数十年前に突然公開し出したとしてもおかしくはないし、聖物が魔力を帯びていてもおかしくはない」

ローゼマリーは言葉を失った。たしかにクラウディオからそういう言い伝えには嘘《うそ》や誇張があるとは聞かされていたが、まさか海馬から奪ったものかもしれないとは。

「ああ、そうか、そうなると聖水にも魔力が移り、それを飲ませることで魔術で操れるようになるのか。得体の知れない魔術師の正体は海馬の可能性もあるの、か……？　そうすると小動物の亡骸《なきがら》は……」

クラウディオがぶつぶつと思考を巡らせるのを傍らで聞きながら、ローゼマリーは複雑に絡んだ事柄が徐々に自分たちを巻き込んでいくような気がして、息苦しくなってきた。

「何にしろ、すべて推測に過ぎない。実際に海馬を目撃したわけでもないし、ローゼマリーを呼んでいるのも海馬とは限らない。証拠は何もない」

次から次へと謎《なぞ》は尽きない。聖物を盗み出した犯人はわかったが、クラウディオが自分たちには関係ないと言い切る祭壇に動物の亡骸を置く事件もある。一年前から聖水を飲むようになったという理由もフリッツが手こずっているようで詳細が判明しない。

「いっそのこと呼びかけに応じてみれば、色々とわかるかもしれませんけれども……」

「馬鹿《ばか》なことを言うな。それで取り返しのつかないことになったらどうする」

不機嫌そうに鼻を鳴らしたクラウディオに、ローゼマリーは肩を落とした。

「すみません。そうですよね。聖物やクラウディオ様に何かあったら、取り返しがつきませんよね」

「どうしてそっちに行くんだ。お前の身に何かあったらどうする、と言っているんだ」

「あ、魔力を失うかもしれませんよね。少し考えなしでした」

「だからそうじゃない……」

脱力したように額に手を当てるクラウディオの呆《あき》れた表情に、ローゼマリーはこれも違ったのかと首を傾げた。

ふいにくすくすとフリッツが笑い出す。

「あーあ、殿下がいつもはっきりと言わないから」

「自業自得」

口元が笑っていなくても面白がっているように目を細めるエーデルトラウトが、そう言って手を叩《たた》いた。

「そんなことはわかっている！」

恨めしそうに彼らを睨《にら》みつけたクラウディオがこちらに目を向けて、すぐにそらしてしまった。その横顔はうっすらと赤くなっている。

「……お前の身に何かあったら、俺はきっと二度と笑えない」

クラウディオにつられたのか、ローゼマリーもまた顔が赤くなるのを感じた。そちらを見られなくて、ふいと視線をそらす。

（クラウディオ様はどうしたの？　わたしに嫌気がさしたのではなかったの？）

疑問が首をもたげたが、しかしその手は、クラウディオの上着の裾《すそ》を握りしめた。

「……はい。もう馬鹿なことは口にしません」

ローゼマリー自身のことを案じてくれているのだと、十分にわかった。

嬉《うれ》しいとは思うものの、しかしそれが自分と同じ気持ちから出た言葉だと思えるほど、自信はない。

「そうしてくれ」

ほっとしたようなクラウディオの声を聞きながら、ローゼマリーは頷く代わりに握ったままの上着の裾を小さく引いた。

＊＊＊

――きゃあぁあっ。

聖物礼拝の儀まで三日後に迫ったその日の朝、ローゼマリーはハイディの悲鳴で目を覚ました。

昨夜、ローゼマリーが再び眠ったまま徘徊《はいかい》した騒動の後、クラウディオは居間で寝ると言ってきかなかったので、寝室にはいない。その代わりにハイディがいたはずだが、その彼女も見当たらなかった。

飛び起きたローゼマリーは寝室から出ようとして、一緒に眠っていたモモンガがそれを阻むように取っ手にしがみついたのを、うっかり握ってしまいそうになり、慌てて手を引っ込めた。

「モモちゃん、ちょっとどいてね」

首の後ろをやんわりと引っ張ると、モモンガはヂッヂッ、と抗議の声を上げた。不審に思いながらも引きはがそうとすると、それとほとんど同時に向こうから扉が開いた。

「ローゼマリー、起きたのか？」

張り詰めた表情のクラウディオが顔を出す。取っ手から転がり落ちそうになったモモンガをとっさに受け止めたローゼマリーは、やはり何かあったのかと青ざめた。

「ハイディに何かあったのですか⁉」

クラウディオを押しのけて居間に出ようとして、その体の向こうに倒れたハイディを抱えるアルトの姿を見つける。

「ハイディ⁉」

長椅子《ながいす》の上に下ろされたハイディに駆け寄る。怖い思いをしたのか、黒猫の頭のハイディはぎゅっとその緑の双眸《そうぼう》を閉じていたがローゼマリーが床に膝をつき、頬に手を当てるとうっすらと目を開けた。

「ううっ、姫さま、見ちゃいました」

いつも気丈なハイディが涙目になって口元を押さえる。その頭を撫でながら、ローゼマリーは通路へ続く扉のすぐ外を覗き込むクラウディオとアルトを振り返った。

「あの、何が……」

「お前も来るなよ。ハイディの二の舞になるぞ。今度は山羊《やぎ》だ」

顔をしかめたクラウディオの言葉に、どくり、と心臓が嫌な音を立てる。よろよろと起き上がったハイディが、ローゼマリーの手を握りしめた。

「物音がしたので、クラウゼン殿が通路への扉を開けたんです。そしたら、目のない山羊の死《し》骸《がい》だと思われるものが……。でもあれって変ですよ！」

「変、って、どういうこと？」

「干からびているんです。毛皮があってわかりにくいですけれども、骨と皮ばかりで、まるで、血を全部抜き取られたみたいに、ぺちゃんこで……」

ぶるりと一際大きく身を震わせたハイディを抱きしめながら、ローゼマリーは怖気《おぞけ》が走るのを止められなかった。

（もしかして、ネズミも兎《うさぎ》もそうだった、の……？）

詳細は全く知らないが、今のハイディの話からするとおそらくは前の二件も同じように干からびていたのかもしれない。

もはやこれは人間の仕業とはとても思えない。

通路の側でアルトと話をしていたクラウディオが、浮かない顔のままこちらにやってくる。

「どうしてわたしたちの部屋の前に置かれたのでしょう……」

「わからない。とりあえず騒ぎになる前に、ランセル司教を呼んでおこう」

クラウディオが部屋の片隅にある、呼び出し用のベルの紐《ひも》を引く。

その隙《すき》にローゼマリーは寝室に戻り、敷布を取ってくると、戸口に立つアルトの側へと歩み寄った。こちらはそれほど恐ろしいと思っていないのか、立派な鹿角《しかつの》が生えている他は人間の頭だった。

「妃殿下、そちらを山羊にかけるおつもりでしたら、私がやりますのでお渡しください」

「いえ、でも……」

わずかにためらったが、ここでもめていても仕方がないので、素直にアルトに渡した。そうして長椅子から立とうとするハイディを押しとどめてその隣に腰を掛ける。

「フリッツとエーデ師が一時間くらい前に朝の礼拝に出ていったが、その時にはなかったようだ。いつ置かれたのか……」

クラウディオが考え込む中、ほどなくしてイルゼがやってきた。朝の礼拝の途中だろうが、どのような手段になっているのか、呼び出したのがわかったらしい。朝から呼び出されたのが不満だったのか、その頭は灰色の鳥頭だった。

「これは……」

　イルゼは、山羊の亡骸に掛けた敷布をめくるなり、くすんだ山吹色の嘴《くちばし》を驚いたように小さく開けた。

「ランセル司教、先の件の亡骸もこんな状態だったのか？」

「ええ、そうです。あまりにも不気味なので、詳細は伏せるようにと枢機卿様から指示されていましたが……」

「なぜこんな状態なのか、調べてはいないのか？」

　目を眇《すが》めたクラウディオの質問に、イルゼはためらいがちに頷いた。

「はい、手厚く葬る他には、何も」

「誰が犯人なのかは探っているのか？」

「ええ、そちらはやっておりますが、芳しくありません。今は大々的に調べることができませんので」

「今は、か。なるほど」

　鼻で笑ったクラウディオに、しかしイルゼはひるむことはせずに頭を下げた。その後頭部で、三枚の飾り羽が揺れる。

「そうです。大勢の賓客がおりますので、騒ぎを大きくするわけにはまいりませんでした。ですが少々ことが重大になってきましたので、調べを急がせます。それでお怒りを鎮めていただけませんでしょうか」

イルゼの頭をじっと見据えていたクラウディオが、静かに頷く。

「わかった。あとはそちらに任せよう」

ありがとうございます、と顔を上げたイルゼの頭がすうっと人間の頭に戻る。クラウディオを納得させることができて、安堵《あんど》したのだろう。

敷布にくるまれた山羊の亡骸を抱え上げ、イルゼはアルトが開けた扉をくぐって静かにその場から去っていった。

「結局、犯人捜しにも首を突っ込まずにはいられなくなったな」

イルゼが退出するなり、静かに嘆息したクラウディオに、ローゼマリーは首を傾げた。

「ランセル司教様方に任せるのではないのですか？」

「ランセル司教が『調べを急がせる』と口にした時、どんな姿だった？」

問いを問いで返されて、ローゼマリーは不思議に思いながらも思い起こして答える。

「灰色の鳥の頭をしていました」

「やはりな。調べを急がせるなど、嘘だろう」

「ですが、それは……」

クラウディオに怯《おび》えていたからではないだろうか、と口にしようとしてためらう。

「俺に怯えていたと思うか？　怯えている者がああも毅然《きぜん》とした態度で俺に意見できるわけが

ない」

頬杖をついたクラウディオは、うっすらと皮肉気な笑みを浮かべた。

「おそらくは枢機卿や聖地の上層部の者たちが問題解決を先延ばしにしているのだろう。まだ人に被害は出ていない。それよりも聖物が紛失したことのほうが重要だからな」

懐にしまった聖物を服の上からぽん、と叩くクラウディオに、ローゼマリーは血眼《ちまなこ》で探しているであろう聖地の人々に申し訳なくなった。ローゼマリーに聖物を近づけさせたくない、と言っていたくせに、まだ返すつもりはないらしい。

「まあ、それでもランセル司教はその判断が不服なのだろうな。枢機卿が伏せておけと指示した亡骸の状態を俺に教えたくらいだ」

「それでしたら、ランセル司教様は協力してくれると思いますか？」

「可能性はあるが、協力を仰ぐのはやめておいたほうがいい。完全に上に歯向かうつもりではなさそうだからな」

聖地内に味方がいれば少しは楽だろうが、そう簡単にはいかないのだろう。

（わたしにも何かできないかしら……）

武術はできるわけもなく、頭の回転もそれほど速くない。自分にできることといえば、魔力を奪うことと、負の感情を持った人の頭が獣に見えるだけだ。それならばこれを生かして何ができるだろう。

「無視できるものならしたかったが、わざわざ俺たちの部屋の前に亡骸を置いてくれたんだ。宣戦布告ととってやる」

好戦的な笑みを浮かべるクラウディオに、ローゼマリーは心配になって眉を下げた。

「あまり無茶なことはしないでください。クラウディオ様の身に何かあったら、わたしも二度と笑えなくなります」

テーブル越しに座ったクラウディオを気がかりそうにじっと見つめると、彼は徐々に顔を赤くして片手で口元を覆ってそっぽを向いた。

「……あれを、俺も言ったのか。そうか」

ぼそりと呟《つぶや》いたのが聞こえて、ローゼマリーは赤面するクラウディオに大きく頷いた。

「はい、言いました。クラウディオ様が昨夜――」

「わかった。もうわかったから、それ以上言うな。頼むから繰り返さないでくれ」

身を乗り出したクラウディオが手のひらで口を塞《ふさ》いでくる。ローゼマリーが目を白黒させてこくこくと頷くと、クラウディオはようやく手をどけてくれた。そうしてついでとばかりに頬をつままれる。

「何をするのですか」

「ちょっとした腹いせだ。わかっていないお前が悪い」

「わかっています。クラウディオ様が昨夜――」

「だからやめろ」

「――あのう、じゃれ合うのは仲睦《なかむつ》まじくてとっても微笑《ほほえ》ましいんですけれども、そろそろ朝餉《あさげ》の時間になりますよ。あと、ハイディがここにいることを忘れないでくださいな」

ローゼマリーの横に座ったままだったハイディに、いつだったかと同じように遠慮がちに声をかけられて、はっと我に返った二人はほとんど同時に勢いよく赤い顔をそむけた。そうしたかと思うと、クラウディオがすっと立ち上がる。

「そうだな。早く行こう。食堂に行けば、死骸の件に関する噂話《うわさばなし》でも流れているかもしれないからな」

足早に出ていこうとするクラウディオを追いかけたローゼマリーは、食堂に、噂話、と聞いてふとあることを思いついたが、わずかにためらい唇を引き結んだ。

（でも、わたしにできる？　――いえ、できる？　じゃなくて、やるのよ）

自分自身に言い聞かせて、クラウディオの上着を軽く引く。

「あの、そのことなのですが……。わたしにやらせてほしいことがあります」

訝《いぶか》し気に振り返ったクラウディオに、ローゼマリーは覚悟を決めてその提案を口にした。

＊＊＊

食器の音や人々の話声、行き交う給仕の人々の喧噪《けんそう》を耳にしながら、ローゼマリーは朝餉の席についていた。すぐ側には澄ました顔のハイディが控えていたが、クラウディオの姿はない。

（緊張で味がしない……）

味気も素っ気もない麦粥《むぎがゆ》を口に運び、どうにかそれを飲み込む。

だが、自分から言い出したこととはいえ、ハイディがいてもクラウディオがいないだけでこんなにも心細くなるとは。

部屋から出る直前、クラウディオに提案したこと。それはイルゼの嘘を見抜いたように、動物の亡骸を遺棄した犯人を見つけるのに、ローゼマリーの目が利用できないか、ということだった。

だが、その為《ため》にはローゼマリーひとりで行動しなければならないのが、唯一の難点だった。クラウディオが一緒では銀獅子の頭に恐れをなして、皆獣の頭に見えるだろう。そうするとわかるものもわからなくなってしまう。

クラウディオは当然反対したが、何とか頼み込み、頷いてもらった。

「姫さま、どうですか？」

ふいにハイディが小声で問いかけてくる。それに振り向かないようにしながら、ローゼマリーはかすかに首を横に振った。

「駄目かもしれない。何だかほとんど獣の頭に見えるわ」

すでに自分がクラウディオの妻だと知れ渡っているのか、話しかけられることもなく、時折ちらちらとうかがうようにこちらに向けられる目は、ほぼ獣の目だ。そのことも、食事の味がしない原因のひとつのような気がした。

ふいに髪に隠れるようにして肩口に張り付いていたモモンガが小さくすり寄る。

部屋から出る際に置いてこようとしたのだが、どうしても離れず、引きはがそうとしたクラウディオにも噛《か》みつく勢いで威嚇するので、仕方なく連れてきたのだ。しかし、この場においては心を和ませる役割を担ってくれて、少しだけ落ち着いた。

しばらく経《た》っても状況は変わらず、この目論見《もくろみ》は外れたか、と落胆しかけた時、テーブルの前を茶色の髪を左右で分けて編んだ、見覚えのある給仕の少女が通り過ぎた。

「アデリナ？」

思わず声をかけると、彼女はにこやかに振り返った。

「はい、お茶です……か」

手にしていたポットをこちらに向けたアデリナの顔が驚愕《きょうがく》に染まり、そしてすぐさまオレンジの毛並みのイタチの頭に変わる。そのまま立ち去ろうとした彼女だったが、思い直したのかローゼマリーに向きなおり、無言でカップにお茶を注いだ。

「ありがとう。あの……体調はどう？　どこかおかしくはない？」

一礼したアデリナが早々と側を離れようとして、その言葉に立ち止まった。

「何でそんなことを聞くのよ」

警戒のにじんだ声に、ローゼマリーは一瞬ためらったが、しかしすぐに口を開いた。

「あなたに魔術がかかっていたの。憎しみを増幅させるような。でも安心して。魔術はとけているから。でもその後、体に異変がないかと思って……」

アデリナはポットの取っ手をきつく握りしめた。イタチの頭のままなので表情はわからないが、動揺するようにその茶色い双眸が揺れる。

「……一年くらい前から、体調がおかしかった。ずっと頭がすっきりしなくて、体もだるかった。でも、昨日あんたたちの部屋から出てからそんなことがなくなって……」

イタチの頭がゆらりと歪《ゆが》んで人の顔に戻り、またイタチの顔になる。アデリナの心情を表しているようで、ローゼマリーは静かにその先の言葉を待った。

アデリナが迷いを振り切るかのように数度頭を振ったかと思うと、机を回ってローゼマリーの横に立ち、耳元に顔を近づけてきた。

「――ねえ、何であたしを枢機卿に突き出さないの？　聖物を盗んだ大罪人なのに」

イタチの髭《ひげ》が頬に触れ、すぐに離れる。一瞬だけ目を見開いたローゼマリーは離れていくアデリナの手をとっさにしっかりと握りしめた。そうしてそのまま立ち上がる。ハイディが慌てもせずに後からついてくるのを尻目に、食堂の出入り口へと向かった。

「ちょっと、どこへ連れていくのよ」

アデリナは小声で抗議をしてきたが、さすがにこんな大勢の人がいる前で貴人の手を振り払うことはできなかったのだろう。食堂から通路に出て、人気のない場所にやってくるまでは振り払われることはなかった。

「一体何なのよ。こんなところに連れてきて」

「あんな大勢の方がいる場所で話せることではないでしょう」

複雑な花模様の描かれた通路で、ローゼマリーは毅然とアデリナを見つめた。ここで彼女の誤解を解かなければ、もう機会は巡ってこない気がした。

「クラウディオ様はちょっと理由があってまだ聖物を返せないから、今は聖物を盗んだ犯人だと枢機卿様方に報告をしないと言っていたわ」

「今は、ね。獣の理由なんか知ったこっちゃないけど、突き出すならさっさと突き出してよ」

ふん、と鼻で笑うアデリナは、しかしどんな罪に問われるのかわからなくて恐ろしいのだろう。かすかに肩が震えていた。ローゼマリーはそれを痛まし気に見つめて首を横に振った。

「――いいえ、わたしはそうしたくない。あなたがクラウディオ様を誤解したことから始まったのだし、あなたは魔術に操られていた。まだこちらに被害はないし、突き出す必要はないと思うのだけれども」

「いくらあんたがそう思っていても、あたしは、あんたたちに濡《ぬ》れ衣を着せようとしたのよ？　下手《へた》すると本当に死罪になるかもしれないのに、そこのところをちゃんとわかっているわけ？」

アデリナの茶色の双眸が、疑わしそうに睨みつけてくる。ローゼマリーはそれを落ち着いた気分で見据えた。

「わかっているわ。でも、本当に死んでしまってもいいくらいに憎んでいたのなら、初日にネズミの亡骸の件で危険だからひとりで出歩かないほうがいい、なんて忠告するわけがないわ」

「……っ!?」

アデリナの顔がゆらりと歪む。

「何で、そんな些細《ささい》なことを覚えているのよ……」

イタチの顔と人間の顔の狭間《はざま》で揺れ動いていたものが、ゆっくりと人間の顔に固定された。

その表情は呆れかえった顔。

「あんたって……大人《おとな》しい顔をしてけっこう図太いのね。あたしはあんたに『慈悲深くて優しい私に酔ってる』って言ったけど、全然堪《こた》えていないみたいだし、あんな獣の頭の王太子なんかと結婚してるし。それに、馬鹿がつくくらいのお人よしなんだって、よくわかった」

深々とため息をついたアデリナだったが、しかしその唇にはかすかに笑みが浮かんでいた。

「……手紙、送ってみようと思う。孤児院のみんなに。あんたの旦那《だんな》の言葉を信用しないわけじゃないけど、安心して暮らしているのか知りたいから」

ローゼマリーはほっと肩の力を抜いた。彼女の罪が消えたわけではないが、それでも納得しているのとそうでないのでは違う。

「……あの、もしよければ、わたしにその手紙を預けてくれる？　責任もって届けるわ」

おずおずとそう申し出てみると、アデリナは探るようにじっとこちらを見つめていたが、やがて静かに首を横に振った。

「そこまでしなくていいよ。あんたたちが帰るまでには書ききれないと思うし。でもあんたのことだから、書けるまで待つ、とか言いそうだけど……」

苦笑したアデリナの表情がそこでなぜか再びイタチの顔に変貌《へんぼう》した。そのことに、何かまだあるのだろうか、とひやりとする。わずかな間のあと、アデリナはようやく口を開いた。

「――ねえ、あんた、聖水って飲んだ？」

「え？　ええと……その、うっかりこぼしてしまって、わたしもクラウディオ様も飲んでいないの」

脈絡のないことに戸惑って、つい正直に告げる。

モモンガにこぼされてしまってからもう一度貰《もら》わなかったのだが、何かまずいのだろうか。

しかしアデリナは飲んでいない、と聞くとほっと胸を撫で下ろした。

「飲んでいないのなら、できればさっさとここから出ていったほうがいいと思う。何だかみんな聖水を飲み出してから、少しおかしくなってる。あたしみたいに怒りが抑えられなかったり、逆にふさぎ込んだり」

「それって……あなたみたいに魔術にかかっているということ？」

「わからないけど、可能性は高いと思う」

クラウディオが聖物に魔力があるのなら、それが聖水に移って魔術がかかってもおかしくはない、と予測していたことが起こっている。その事実に、ローゼマリーは緊張感をにじませた。

「クラウディオ様も聖水を疑っているようだったけれども……。あの、一年くらい前までは飲まなかったの？」

クラウディオがそうフリッツから聞いたと言っていた。アデリナはイタチの顔のまま小さく頷いた。

「うん、飲まなかった。ちょうど去年の今ぐらいの時期から皆に飲ませるようになったの。どうしてそうなったのかは、あたしにもわからないんだけど……」

フリッツが調べていることだが、やはりアデリナにもわからないらしい。皆に異変が起こっているのなら、その原因がなかなかわからなくてもおかしくはない。

「忠告してくれてありがとう。でも、すぐに出ていくわけにはいかないの。聖物礼拝の儀だけが目的ではないから……。クラウディオ様の為にも」

本来の目的はクラウディオも言ったように、前任の『禁忌の森の番人』レネに会うことだ。

その為には聖物礼拝の儀がつつがなく執り行われなければ意味がない。

アデリナの顔がゆっくりと人間に戻る。短時間で今ほど何度も人間と獣の頭を行き来した人と対峙《たいじ》したのは、初めてかもしれない。それでも、必死だったせいか、一度も怖いと思うことはなかった。

「……まあ、あんたたちの目的が何でも、あたしには関係ないけどね。——そういえば、あんた朝ご飯の途中でしょ。もう片付けられていると思うけど、仕方がないからまた用意してあげる」

肩をすくめて歩き出したアデリナに、ローゼマリーはそれまで一切口を挟まなかったハイディと顔を見合わせて、くすりと笑った。きっと本来は面倒見がいい少女なのだろう。

気がかりだったことのひとつが解決して、心が軽くなっていたローゼマリーだったが、食堂の出入り口に差し掛かった途端、先導していたアデリナの顔が瞬時にイタチの頭に戻ったことに、何かあったのかと身構えた。

「ねえ、そういえばあんた何でひとりで食事をしてたの？　旦那は？」

「え……それは……。クラウディオ様と喧嘩《けんか》をしたから……先に来ていて」

動物の亡骸遺棄事件の犯人を見つける為にひとりで食事をしていました、とは言えない。口ごもった末にひねり出した言葉に、疑われるだろうかと頭を悩ませていると、アデリナが低く呟いた。

「ふうん、それで旦那のほうは腹立たしい妻を放っておいて、別の女と楽しく食事しているわけ」

アデリナが顎《あご》をしゃくって指し示した先を見ると、いつも座る食堂の隅の席にあの気の強そうなカヴァンの王女シュゼットと、笑いながら食事をしているクラウディオの姿があった。

あまりにも驚きすぎて、言葉が出てこなかった。

(どうして？　クラウディオ様はわたしが戻るまで部屋で待っているはずなのに……)

立ち尽くしたローゼマリーの傍らに寄り添っていたハイディの頭が、じわじわと黒猫の頭へと変わっていく。

「クラウディオ殿下は何を考えているんでしょうね。姫さまががんばって、慣れないことをしているのに、あんなこと……。ハイディがちょっとガツンと言ってきます！」

息を巻いて今にも突撃しそうなハイディを、我に返ったローゼマリーは慌てて押しとどめた。

「ちょっと待ってハイディ、きっと何か事情が――」

「妃殿下！　ご無事でしたか。お姿を見失ってしまい、お捜ししておりました」

ふいに通路の先からアルトの焦った声が聞こえた。はっとしてそちらを見ると、立派な角の生えた鹿頭の騎士が徐々にその頭を人間の頭へと変貌させながら駆け寄って来るところだった。

そういえば、護衛についてきていたアルトを置き去りにしていた。

「クラウゼン様……すみません。何も言わずに抜け出してしまって」

「いえ、ご無事ならばかまいません。クラウディオ様もご心配されておりまして……」

「その心配していた旦那様はあそこで楽しくお食事してますけど？　騎士様」

明らかに腹立たし気なアデリナがこちらの会話に割って入ってきた。突然の乱入者にぎょっとしたアルトだったが、すぐにローゼマリーに視線を戻すと、しかしその目を泳がせた。

「あれは、その、誤解なのです。殿下は妃殿下のご様子がどうしても気になる、と食堂までお越しになられました。食堂内にいないとわかるとお捜ししようとしてカヴァンの……」

「シュゼット様と出くわしたのですね」

アルトの言葉を継いでローゼマリーが戸惑いを押し隠して静かにその名を口にすると、騎士は恐縮したように背筋を伸ばした。

「はい。カヴァンの王女殿下に一緒に食事はどうかと誘われましたが、殿下は一度断られたのです。ですが、王女殿下の剣幕が尋常ではなく……おそらくは」

ローゼマリーはアルトの言わんとしていることを察して、もう一度クラウディオたちのほうをうかがった。先ほど、クラウディオが楽しそうに笑っていると思ったが、よく見れば張り付けたような笑顔だ。愛想笑いそのままの。しかしその後ろに控えているエーデルトラウトは、若干いつもより硬い表情のような気がした。

（シュゼット様が魔術にかかっていそうなの？　それなら……）

自分が触れればアデリナのように解けるのではないだろうか。

気が逸《はや》って、思わず食堂に足を踏み出しかけたローゼマリーの前に、硬い表情のアルトが回り込んでそれを阻んだ。

「お待ちを。妃殿下があちらへ行かれますと、火に油を注ぐことになるかと。あの場所では目立ちすぎます。エーデルトラウト様もおられますので、ご心配は無用かと思われます」

「でも……」

たしかにアデリナが酷《ひど》い暴言を吐いたように、シュゼットもそうならないとは言い切れない。場所が悪すぎるのはわかっているが、いくらエーデルトラウトが控えているとしても、クラウディオの側に魔術にかかっているかもしれないシュゼットがいるのが不安になってくる。思い悩むローゼマリーを見兼ねたのか、アデリナがすっと片手を挙げた。

「なんかよくわかんないけど、カヴァンの王女様を旦那の前からどかせばいいんでしょ？　あたし、王女様の服に水でもこぼしてこよっか？」

「まあ、私もそう思っていたところよ。アデリナ」

「ま、待って。二人とも落ち着いて」

ハイディがアデリナに同意して、二人がすぐさま行動を起こそうとするのを、ローゼマリーは先ほどと同じように慌てて止めた。

「どうしてよ。あたし、奥さんがいるのに他の女にデレデレする旦那も嫌いだけど、奥さんがいるってわかっているのに旦那に言い寄る女も嫌い。大丈夫だって、水だから」

アデリナがイタチの顔だと言うのににやりと悪い笑みを浮かべたのがわかった。

「それでも駄目。あなたにもハイディにも何か危害が及ぶかもしれないから」

魔術がかかっている可能性があるのなら、クラウディオとの時間を邪魔されただけで何か予想外のことをしでかしそうな気がしてならない。

黒猫頭とイタチ頭の娘たちが不満そうな声を上げたが、ローゼマリーがひるむことなく首を横に振っていると、ふいにアルトが驚いたように声を上げた。

「あ」

顎を落としたアルトの視線を追ってそちらを見たローゼマリーは、すうっと自分の感情が冷えていくのがはっきりとわかった。

クラウディオの隣に腰かけていたシュゼットが、彼にしなだれかかるように腕に寄り添い、あまつさえその顎を撫でていたのだ。それを見た瞬間、ローゼマリーは何もかもどうでもよくなった。

「姫さま?」

「妃殿下、お待ちください！」

ハイディの戸惑った声とアルトの制止を振り切って、つかつかと食堂に踏み入ったローゼマリーはクラウディオの側にまで歩み寄った。

「――ローゼマリー！　どこへ行っていたんだ」

振り返ったクラウディオがほっとした表情を浮かべる。その向こうに座るシュゼットが、瞬時に変わった金茶の毛並みの犬の顔で威嚇するように睨みつけていた。

「クラウディオ様」

その名を呼び、すっとその顔に手を伸ばす。クラウディオが引きはがそうとでもしていたのか、つかんでいたシュゼットの手を離してこちらに手を伸ばしかける。――と、ローゼマリーはクラウディオのその秀でた額目がけて、思い切り頭突きした。

「……っ。お前、何をして――」

くらくらする頭を押さえてクラウディオを見据えると、彼は怒りと驚きをないまぜにしたような表情でこちらを睨みつけていたが、ふいに言葉を途切れさせた。

「……顎を触らせないでください！」

そう叫ぶなり、自分の意志とは関係なくこぼれる涙を拭《ぬぐ》いもせずに、ローゼマリーは踵《きびす》を返した。

「ちょっと待てローゼマリー、顎ってお前、何を口走っているんだ。おい！　シュゼット殿、離れろ！」

焦ったようなクラウディオの声が遠ざかる。追いかけてこないのは、シュゼットが意地でも離さないせいなのか。

いつの間にか側に来ていたハイディとアルトを追い越して、食堂を飛び出す。そのまま駆け

去ろうとして、誰かに手を捕まれた。とっさに振り払おうと身をよじる。

「離してっ！」

「いや、落ち着きなって。あんた面白いから、しばらく旦那に見つからない場所を教えてあげる」

笑みを含んだ声音に、そちらを見たローゼマリーはイタチ頭だった少女が、にんまりと笑っているのを目にして、我に返ったようにまじまじとその顔を見返した。

＊＊＊

恥も外聞もなくぼろぼろと泣きながら走り去っていくローゼマリーを追いかけようとしたクラウディオは、腰に絡みつくシュゼットの細い腕を握って引きはがし、苛立《いらだ》ったように締め上げた。

「いいかげんにしろ」

この王女のせいでローゼマリーが泣くことになったのだと思うと、腹立たしくてならない。あの大人しいローゼマリーが、嫉妬じみた行動をした理由をすぐさま聞き出しにいきたかった。

「まあ、クラウディオ様、痛いですわ」

白い腕が赤くなるほど、かなり強い力を込めているというのに、シュゼットはわずかに眉をひそめただけで、それほど痛がる様子はない。そのことに薄気味悪さを感じる。

（異常だ）

先ほど、食堂の出入り口で出くわした時もそうだった。振り払っても全く動じず、あまつさえころころと笑いながら腕を引っ張って一緒に食事をしようと誘う。影のようにいつも彼女に付き従っている侍女も、表情がどこか茫洋《ぼうよう》としていて主《あるじ》を止める気配さえもない。

「クラウディオ、周りもおかしい。こんなに騒いでいても、ほとんど気にしていない」

背後に控えていたエーデルトラウトが警戒をにじませる。

たしかに食堂にはもうそれほど人が残っていなかったが、それでもその数は少なくない。その人々が先ほどからそれほどこちらに関心を示さないのだ。なかには興味深げにちらちらと視線を送ってくる者もいるが、そのほうが少数派だ。

（これは……、全体的に魔術にかかっているな）

聖地についた当初の食堂はもう少し賑《にぎ》やかだった。いくら朝でもこんなに人が少ないはずがない。部屋にこもっているにしては異常な人数だ。騒ぎが起きてようやくその静かな異変に気付く。

「エーデ師行くぞ。ローゼマリーが心配だ」

シュゼットの腕を突き飛ばす勢いで放り出し、踵を返す。

くすくすと笑う女の声が背後から聞こえてきたが、振り返ることはせずに食堂を出た。

＊＊＊

強い風が崖下《がけした》から吹き上げてきて、ローゼマリーの赤い髪を翻《ひるがえ》す。

それを押さえつつ、久しぶりに風を感じた気がしてローゼマリーは大きく息を吸い込んだ。

肩に乗っているのが定位置となったモモンガが、吹き飛ばされまいと必死に首元にしがみついている。

「姫さま！　すっごく遠くまで見渡せますね。何にもなくて笑っちゃいたくなりませんか？　あっ、あんなに高い波が」

「ハイディ、落ちないように気を付けてね。クラウゼン様もわたしに遠慮なく景色を楽しんでください」

まるで子供のように手すりから半ば身を乗り出して崖下を覗き込むハイディと、生真面目に下へと下りる階段の側に控えているアルトに声をかけて、ローゼマリーは後ろで静かに佇《たたず》む、世話役の司教を振り返った。

「ランセル司教様、連れてきてくださいまして、ありがとうございます。少し落ち着きました」

「いえ、アデリナに頼まれた時には何事かと思いましたが、落ち着かれたようでなによりです」

今日は灰色の鳥頭ではないイルゼのきっちりと編まれた白髪は強風のなかにあっても一筋の乱れもない。そしてその表情も同様に静謐《せいひつ》な雰囲気をまとわせたままだ。

クラウディオから逃げ出したローゼマリーに、しばらく見つからない場所を教える、と言ったアデリナが告げたのは、大聖堂の地上部分にある鐘楼だった。

しかしアデリナは自分はまだ仕事があるから行けないので、とどこからか引っ張ってきた世話役の司教イルゼに案内を押し付けたのだ。

(まさか通路の裏にさらに通路があるなんて思ってもみなかったけれども)

地下の複雑な通路の壁を隔てた裏に、まだアリの巣のように入り組んだ通路があるとは思わなかった。聖堂に務める者はほとんどそこを使うらしい。朝、イルゼを呼んだ時にやけに早かったのも、おそらくその裏通路を使ったのだろう。

迷いそうな通路を通ってついた見晴らしのいい場所に、それまで地下に押し込められて息苦しい思いをしていたのだと、初めて気付いた。

鐘楼内は地下のあちこちに施されている精緻《せいち》な彫り物や造形物といったものが一切なかったが、唯一、鐘楼に吊《つ》るされた鐘には、まるで生きているかのように躍動感のある海馬が彫刻されていた。

「こちらは一般の参列者は登れない決まりになっております。他に上ってくるのは鐘を鳴らす当番の者だけですので、ご安心してお寛《くつろ》ぎください。侍女の方が仰《おっしゃ》る通りに、海しか望めませんが」

イルゼの言葉に社交が苦手なことを見抜かれている気がして、少しだけ肩身が狭くなったが、それでもありがたかった。

「いえ、聖地に来るまで海を見たのは初めてだったので、とても新鮮です。この香りも嫌いではないので……」

潮の香りを吸い込むと、なおさら気分が落ち着いてくる。

食堂でクラウディオに頭突きをする、という自分がやらかしたことに、我に返って青くなった。あれではクラウディオの評判もさらに落ちるだろうし、シュゼットも何をするかわからない。

（つい、あそこから逃げてきてしまったけれども、大丈夫かしら……。それに顎を触らせるな、だなんて、何を言っているの、わたしは……）

醜い嫉妬などしている場合でも、する立場でもないだろうに。挙句の果てにはクラウディオに頭突きだ。せめてそこはシュゼットにしておけば、かかっていたであろう魔術が解けたかもしれないのに。ハイディにバケツを返してもらって、被って穴に埋まりたい。だがそれでも、シュゼットがクラウディオに触れるのは嫌だった。

「ローゼマリー様は、フォラントのご出身でしたね。たしかにあの牧草と畑が主な土地に住んでいると、海は憧憬《どうけい》の対象になります。私もそうでした」

「私も？　もしかして、ランセル司教様のご出身もフォラントなのですか？」

「はい、いたのは子供の頃ですが」

驚いて声を上げると、それに気付いたのかハイディが側に寄ってきた。

「姫さま？　どうかなさいましたか？」

「ハイディ、ランセル司教様はフォラントのご出身だそうよ」

まあ、と目を丸くしたハイディの前で、イルゼはかすかに笑みを浮かべた。

「あちこちを転々としていましたが、初めて海を見た時の感動以上のものはありませんでした」

そのことを思い出しているのか、イルゼは懐かしそうに目を細めた。同郷の親しみが湧《わ》いてきて、ローゼマリーも嬉しくなってきてしまう。

「聖地に来られて長いのですか？」

「いえ、こちらに来たのは一年ほど前です。去年の聖物礼拝の際に人手が足りなくなったとのことで、招集されました。それからありがたいことにこちらでお勤めさせていただいております」

随分と手慣れている様子だったが、まだ一年ほどとは。それだけ有能なのかもしれない。

（でも、一年って、ちょうど聖水を飲み始めた頃よね……？）

不思議と時期が重なる。やはり何かあったのだろうか。

別のことを考え始めるうちに、ようやく落ち着いてきた。そうなるとクラウディオを置いてきてしまったことがどうしても気にかかり始める。

それを見計らったのか、そろそろ戻りましょう、とイルゼが言い出した。下へと下りる階段の側で待っていてくれたイルゼを追って、階段を下りかけたその時、司教がそっと耳打ちをしてきた。

「今、クラウディオ様と仲違《なかたが》いをなさるのは、危険ですよ。この地は呪《のろ》われていますから」

驚いてそちらを見たが、すでにイルゼは階段を下り始めていた。その後ろ姿は飾り羽が特徴的な灰色の鳥頭ではない。事実を言っているのだ。呪われている、という言葉に背筋を冷風に撫でられたような気がした。

イルゼは何をどこまで知っているのだろう。今ここで問い質《ただ》すのは、得策だろうか。迷っているうちに、階下から螺旋《らせん》階段を上って来る人の気配がした。大聖堂の地下へ下りる時に下りたものよりも規模の小さな螺旋階段を上ってきたのは聖職者で、おそらくは正午の鐘を鳴らしにきた当番の者だろうと察せられた。

ローゼマリーたちが下りてきたことに当番は驚いていたようだったが、イルゼの顔を見て口をつぐみ、会釈をすると上に上っていく。

それにつられて上を見上げると、ちらりとあの海馬が彫刻された鐘が見えた。

背後から追いかけてくるかのように鳴り出した正午の鐘を耳にしながら、ローゼマリーは悩みつつも螺旋階段を下りていった。

第五章　声なき声の主

まるでモグラにでもなった気分だ。

地上の鐘楼から下りて来ると、日の光が当たらない地下大聖堂はいくら荘厳だとしても、薄暗く、ロウソクの光の届かない闇《やみ》には何かが潜んでいるのではないかという恐れを抱かせる。

ローゼマリーはイルゼに先導されて入り組んだ裏通路を歩きながら、恐々と通路の闇を見やった。後ろからついてくるハイディやアルトの足音が妙に反響してなおさら恐ろしさを覚える。

「昼食のお時間ですが、食堂とお部屋のどちらへ行かれますか？」

「それでしたら、部屋に戻ります」

イルゼが歩きながら問いかけてきたので、ローゼマリーはとりあえず一旦部屋に戻ることにした。クラウディオがどこにいるのかわからないが、たとえ部屋にいなくても待っていればそのうち戻ってくるだろう。

先をいくイルゼの編まれた長い髪を見つめて、先ほどの司教の言葉を思い出す。

――今、クラウディオ様と仲違《なかたが》いをなさるのは、危険ですよ。この地は呪《のろ》われていますから。

（やっぱりどういうことか聞くべき？）

どういうつもりでそれを口にしたのかわからないが、それを言った際に人間の頭だったことから、イルゼは自分たちを陥れようとはしていないということはわかった。

どんなことを聞かされても動じないようにしよう、と心に決めて話しかける隙《すき》をうかがっているうちに、狭い裏通路から少しは広い表通路へと出る扉に辿《たど》り着いてしまった。

外へ出てしまってはイルゼも答えにくくなるだろう。ローゼマリーは慌てて口を開いた。

「あの、ランセル司教——」

「——クラウディオ様、お待ちになられていたのですか」

イルゼが扉を開けた途端、つい先ほど頭突きをして逃げ出してきた夫の名がその口からこぼれた。

身を強《こわ》ばらせたローゼマリーの前から、イルゼがすっと身をどかす。すると前方に、精悍《せいかん》な顔の眉間《みけん》にくっきりと皺《しわ》を寄せ、いかにも不機嫌だと言わんばかりに腕を組んで扉の突き当たりの壁に寄りかかるクラウディオの姿があった。

その額がうっすらと赤い。ローゼマリーは思い切り顔をひきつらせた。

(まだ赤い……っ。え、わたしそんなに強く頭突きをしたの?)

申し訳ない気持ちでいっぱいになりながら、クラウディオの前に進み出る。そうするとクラウディオはこちらを見ることなく、しっかりと手首を握ってきた。

「ランセル司教、俺《おれ》のせいで妃《きさき》が迷惑をかけた。あとは引き取る。務めに戻ってくれ」

クラウディオの言葉にイルゼは一瞬だけローゼマリーを見たが、すぐに一礼をしてその場から去っていった。その姿を見送ることなく、クラウディオも歩き出す。ローゼマリーも引っ張られるようにして歩き出したが、やがて沈黙に耐え切れずに口を開いた。

「あの、ご迷惑をかけてすみません。その、額は痛くはありませんか？　シュゼット様はどうされましたか？」

謝罪をし、質問を何個なげかけても、クラウディオからは何も返ってこない。しかしその手は離されることなく、ローゼマリーが再び逃げ出さないように捕まえているようだった。よほど怒っているのだろう。そのことに身がすくむ思いをしながら、じっとその背を見つめる。

無言のままに部屋まで戻ってくると、居間にいたフリッツがいつもの飄々《ひょうひょう》としている様子もなく、ほっとしたように表情を緩めた。

「ああよかった。無事みたいだね」

「何かあったのですか？」

まさか自分が暢気《のんき》にも鐘楼からの景色を堪能しているうちに、シュゼットが何かしたのかと、さっと青くなる。詳細を尋ねようとすると、部屋に戻ってきても手を離そうとしなかったクラウディオに再び引っ張られた。

「エーデ師が戻ってきたら教えてくれ。それまで誰《だれ》も呼ぶな」

ローゼマリーの肩に乗っていたモモンガをハイディに放り投げ、抑揚なく言い放ったクラウディオに、そのまま寝室に連れ込まれる。扉が完全に閉まると、そこでようやく手を離してもらえた。

赤くなってはいなかったが、少しだけ違和感がある手首をそっと押さえると、寝台に腰かけたクラウディオがようやく渋々と口を開いた。

「痛かったか」

「いえ、痛くはありません。それよりあの、食堂では取り乱してしまって、すみませんでした」

クラウディオの前に立って悄然《しょうぜん》と頭を下げる。しばしの沈黙の後、クラウディオが顔を上げてくれ、と頼んできた。

命令ではないその言葉に、少しだけ胸が痛む。不甲斐《ふがい》ない自分に気を使ってくれているのだろう。ゆるゆると顔を上げると、クラウディオはむくれたような表情を浮かべていた。

「なぜお前が謝るんだ」

「え、あの……頭突きをして、勝手に泣いて逃げ出しましたから。それに行き先も告げずに姿を消しましたし、クラウディオ様にご迷惑をおかけしたので」

特に前半は謝っても謝り足りない。

クラウディオは深々とため息をついて、片手を前髪に突っ込んだ。

「迷惑じゃない。心配をしていたんだ。カヴァンの王女を含めて、おそらく多くの人々が魔術にかかっている。お前があれだけの騒ぎをしたのに、俺たちに興味を抱いていたのはわずかだった。今、エーデ師が部屋から出てきていない他の参列者の確認に行っている」

やはり予想は当たっていたのか。ローゼマリーは拳《こぶし》を握りしめた。

「それなら、やっぱり謝ります。シュゼット様は魔術にかかっていたから、クラウディオ様に寄り添っていたのに、わたしは――」

そこまで言いかけて、ローゼマリーははっと口をつぐんだ。この先を言ってしまっては、クラウディオを困らせてしまうことに気付く。

「わたしは、何だ？」

クラウディオが鋭く見据えてきた。それに首を横に振って数歩後ずさる。

「クラウディオ様に頭突きをして泣いて逃げ出して、姿をくらませました」

「それはさっきも聞いた。言いたかったのは本当にそれなのか？」

クラウディオの追及にも、ローゼマリーは頑《かたく》なに口をつぐんだ。

するとクラウディオはわずかに視線を落として何かを考えていたかと思うと、急にこちらに笑みを向けた。

「――わかった。それならもういい。少し疲れたから、手を貸してくれ」

クラウディオの態度があまりにも唐突に軟化したのが気になったが、ローゼマリーは差し出されたクラウディオの手に素直に自分の手を重ねた。ぎゅっと力がこもり、勢いよく手を引かれ――視界が反転した。気付けばクラウディオが自分を見下ろしていた。その向こうには白い天井があり、頭の下には柔らかな寝具があるのがわかる。押さえつけられた両手首が寝具に沈んだ。

「わかった、などと、物わかりのいいことを俺が言うと思ったのか？　お前が言わないのなら、俺が言ってやる」

大きく見開いた視界に、クラウディオが冷ややかな笑みを浮かべるのが映った。心の中を言い当てられそうな恐怖に、喉《のど》の奥がひきつる。血の気がさあっと引いた。

「――言わないで」

「俺は嫉妬《しっと》したぞ」

さらりと口にされたのは、想像していた言葉とは半分別の言葉だった。ぽかんとクラウディオを見上げると、彼は苦笑いをして手を離した。そうして寝台に横たわったローゼマリーの隣に座りなおす。

「さっき、俺はお前を泣かせたのに、ランセル司教と戻ってきたお前はもういつものお前だった。そのことに嫉妬した」

ローゼマリーから目をそらさずに見下ろしてくるクラウディオに、裏通路から出た時からずっと不機嫌そうだったのは、怒っていたのではなかったのか、と納得した。しかし、納得した途端に、つん、と鼻の奥が痛くなって、ローゼマリーは慌てて両手で顔を覆った。

「ローゼマリー？　泣いているのか？　お前が言いたくないものを無理に言わせようとするわ

けがないだろう。少し驚かせたかっただけだ」

違う。途中までは きっと本気だった。だが、途中から蒼白《そうはく》になった自分が哀《あわ》れになったのだろう。焦ったように声をかけてくるクラウディオの優しさが、痛い。

クラウディオを困らせたくなくて正直な気持ちを言いたくなかったのではない。自分が傷つくのが怖くて言いたくなかったのだ。

「……わたしも、嫉妬したんです。シュゼット様に。クラウディオ様に寄り添っているのがどうしても嫌だった」

見た瞬間に、体が動いていた。迷惑になるとか体面がどうとか、そんなことはすっかり頭から抜け落ちていた。

顔を両手で覆っていたローゼマリーは、ふとクラウディオの反応が全くないことに気付いた。やはり自分が嫉妬するなど、迷惑だったのだろうか。様子をうかがうのが怖かったが、そっとそちらを見上げると、クラウディオは片手で額を覆っていた。その下の頬《ほお》がうっすらと赤い。

「クラウディオ様？　どうかされましたか」

「いや、自分で誘導しておきながら実際に言うとは思わなかったから、少し動揺している」

少しどころではなく、かなり動揺しているのだろう。誘導したと自ら白状してしまっている。怒るところなのだろうが、それが少し可愛《かわい》く思えてしまい、ローゼマリーは小さく笑った。

「笑うな。そんな風でいると、さっきの言葉を勝手にいいほうの意味に捉えるからな」

「え？　意味が二つもあるのですか？　教えてください」

慌てて身を起こすと、クラウディオは意地の悪い笑みを浮かべた。

「教えるか。笑ったお前が悪い」

ローゼマリーがさらに追及しようとしたその時、少し遠慮がちに扉が叩《たた》かれた。

「殿下ー？　奥方殿を襲っていないよね？　エーデ師が戻ってきたよ」

「誰がこんな時に襲うか！」

フリッツの呼びかけにクラウディオが一瞬だけ顔をしかめ、すぐに立ち上がった。

「……まったく、話しかける頃合いをうかがっていたな、あいつは。ほら、行くぞ」

ぶつぶつと不満をこぼしながらクラウディオが片手を差し出してくる。

その手を見た途端に、忘れていた羞恥《しゅうち》を思い出して、ローゼマリーはすっくと立ち上がった。

「だ、大丈夫です。ひとりで立てます」

先に立って、扉を開けようと取っ手に掛けた手をクラウディオが上から握った。大きく肩が跳ね上がる。そろそろと上目遣いに見上げて、そこに不敵な笑みを浮かべるクラウディオを見つけた。

「嫉妬したと言ったのだから、逃げるな」

そう呟《つぶや》くように耳元で囁《ささや》かれたが、ローゼマリーは思い切りクラウディオを突き飛ばして、皆の待つ居間へと駆け込んだ。

＊＊＊

「客室全部見回ったわけじゃないけど、けっこうな人数、だるそうだった。でも意識、はっきりしている人たちは、正気かちょっとおかしいかの二通り」

　エーデルトラウトがいつもの抑揚のない声に、わずかに不可解そうな響きをにじませて、各賓客の様子を報告してきた。

　居間に集まり、その報告を聞いていたローゼマリーたちは一様に押し黙った。やがて険しい顔で腕を組んでいたクラウディオが口を開く。

「普通の水を聖水だとして持っていったのだろう？　意識がはっきりしていて、正気だという者は受け取らなかったんだな？」

「そう。聖水飲むのを躊躇《ちゅうちょ》した人たち。危機本能が敏感か、魔力が少しある人たちかも」

　自分のものではない魔力は嫌なものに感じられるらしい。

（わたしにはわからなかったけど、わたし自身の魔力ではなくて、クラウディオ様の魔力だから？）

長椅子《ながいす》に座るクラウディオから何となくひとり分ほど間を開けてその隣に座っていたローゼマリーは、そっと自分の手のひらを凝視した。その傍らで、クラウディオが小さく嘆息する。

「参列者以外の、ここの聖職者たちや下働きの者たちはどうなのだろうな。食堂では普通に働いているように見えたが……」

エーデルトラウトが座っている一人掛けのソファの背もたれに腰かけていたフリッツが、飄々とした態度で片手を挙げた。

「僕の知り合いは飲んでいないって言っていたけどね。聖水を飲むなんて不敬だって。逆に身を清めたいから飲んだ、って人もいるそうだよ。そういう人たちはどうも異常なほど信心深くなっているみたいだ。朝の礼拝でもそう感じたしね」

「あの、アデリナは一年くらい前からずっと頭がすっきりしなくて、体がだるかったと言っていました。下働きの方たちは無理をして働いているのだと思います」

フリッツに続き、ローゼマリーも自分の知っていることを告げると、同時にイルゼの言葉も思い出した。

「そういえばランセル司教様が『この地は呪われている』と言っていて……」

「妃殿下、僭越《せんえつ》ながらそれは私も耳にしました。『今、クラウディオ様と仲違いをなさるのは、危険ですよ。この地は呪われていますから』と」

耳がいいのにもほどがある。しっかりと全文を言ってくれたアルトに、ローゼマリーは恨めしく思いながらもクラウディオの反応が怖くて、恐る恐るそちらを見た。そのクラウディオはこちらを見もせずに、冷笑を浮かべている。

「ほう、今時の聖職者は夫婦仲にまで口出ししてくるのだな。——まあ、いい。それより呪われているとは何だろうな」

イルゼに嫉妬していると言ったくらいだ、クラウディオとしては面白くないに違いないが、そこは流してくれたことにほっとしていたローゼマリーは、ふと気付いた。

「あの、ランセル司教様は聖水を飲んでいないのでしょうか？　正気に見えましたけれども……」

「アデリナがお前を鐘楼に連れていくように頼んだのなら、正気だろう。俺も話していて一度もおかしいとは思わなかったからな。まあ、正直、感情があまり表に出なくて少し胡散臭《うさんくさ》いとは思うが」

たしかに感情の起伏は激しくない。だが、ローゼマリーの目に鳥頭に見えていたりするので、感情がないわけではない。

「ねえ、ランセルって誰」

唐突に割り込んできたエーデルトラウトに、ローゼマリーは首を傾《かし》げた。同じように筆頭魔術師も首を傾げる。

「わたしたちの世話役の司教様です。エーデ様はお会いしたことがなかったのですか？」

そういえば、初めにイルゼに案内された時にエーデルトラウトはまだ合流していなかった。

「多分知らない。どんな見た目の人」

「ええと、儚《はかな》げで落ち着いた印象の男性なのですけれども、目つきはちょっと鋭くて……。あ、白い髪を後ろできっちりと編んでいます」

「――儚げなきっちりと編んだ白髪の男。……ふうん、そう。見ていない」

エーデルトラウトの眠たそうな目が、ゆっくりと細められた。ほんのわずか、片眉《かたまゆ》が上がったような気もしたが、気のせいだったのだろう。興味を失ったように欠伸《あくび》をするエーデルトラウトを尻目《しりめ》に、思考を巡らせていたクラウディオが懐から聖物の入った袋を取り出してテーブルの上に中身を転がした。

「そのランセル司教の言っていた呪い、とはまさか海馬《かいば》の呪いではないだろうな」

朱金の聖物は、昨日《きのう》見た時よりも赤みが増しているような気がして恐ろしく、ローゼマリーは少しだけ長椅子の端に寄った。その肩に乗っていたモモンガが、慰めるように頬にすり寄る。

「海馬、ですか？」

「ああ、前に仮定の話をしただろう。聖物は元は海馬のもので、それを人間が奪った。その聖物の魔力が聖水に移り、さらに飲んだ人々を魔術にかけて操れるようになったのかもしれない、と。魔術はまじない……ひいては呪いだ。ランセル司教はそれを伝えたかったと考えてもおかしくはない」

仮定であったものが徐々に現実味を帯びてくる。その真実に空恐ろしくなって、ローゼマリーは目を見開いて喉元を押さえた。

「ということは、みなさんにかかった魔術を解くには、海馬を探して聖物を返せばいい、ということですか？」

「単純に考えればな。ただ、ランセル司教がそれを知っているということは、聖地の上層部もきっとわかっている。何か聖物を返せない理由があるのだろう、が……」

クラウディオが徐々に語尾を弱めた。何かに気付いたような顔でフリッツを振り仰ぐ。

「フリッツ、俺が昨日頼んだ資料はそろえられたか？」

「え？　昨日の茶会で聞いた話の信ぴょう性が欲しい、とかどうのこうの言っていたやつかい？　メモ書き程度でいいのならあるよ」

フリッツが懐から取り出した手のひらほどの数枚のメモ書きを受け取ったクラウディオは、真剣な表情でそれを読み出した。それを邪魔しないように、ローゼマリーはフリッツを見やった。

「フリッツ様、お茶会とは、昨日のシュゼット様に誘われたものですか？」

「そうだよ。各国の情勢を知る為《ため》の、食えない方々による腹の探り合いの集まり。ほら、時々バルツァーでも殿下がぶつぶつ文句を言いつつやっているアレだよ。でも、けっこう情報が散っているからおろそかにできないのさ」

シュゼットの茶会がそこまでのものかどうかはわからないが、それでも何か役に立つことが聞けたのかもしれない。

「――なるほどな。わかったぞ、聖物を返せない理由が」

クラウディオがメモ書きをテーブルの上に放り投げた。ローゼマリーはメモを覗《のぞ》き込んでみたが、いくつかの数字と年号、そして地名だけが書かれていて、何のことなのかさっぱりわからない。

「どういう理由ですか？」

「聖地の塩の採掘量が減ってきている。それに相対して伸びているのが礼拝者の数だ。これは聖物礼拝を始めた年から徐々に増えている。準じて、聖地市街からの上納金もな。つまりは」

「お金、ですか」

「ああ。『白い金』とも『奇跡の塩』とも呼ばれて高額取引をしている塩が取れなくなれば、聖地は立ち行かなくなる。今は聖物礼拝と、聖水による洗礼での寄付が増えているようだ。これでは聖物を返すわけにはいかないだろう」

眉をひそめたクラウディオに、ローゼマリーもまた唇を引き結んだ。信仰だけでは成り立たないのはわかっていたが、聖物ではないのに聖物だと偽ってまで運営費を稼ぐのはなんともいただけない。

重い沈黙が室内に漂い始めた時、唐突に手を打ち鳴らす音が響き渡った。

「はいはい、皆さま、暗いお話はちょっと置いておいて、少し休憩にいたしましょう。お腹《なか》が空いていては、悪い考えばかりが大きくなって、いい考えも何も浮かばないと思います」

明るい声とともに、ハイディが部屋の片隅に置いておいた軽食などが載った盆を持ってきた。それを見た途端に、ローゼマリーは腹の虫がきゅう、と鳴ってしまった。とっさに腹を押さえて、そろそろとクラウディオのほうを見ると、彼は向こうを向いて口元を押さえていた。その肩が小刻みに震えている。かあっと顔が熱くなった。

「昼食を食べていなかったんだから、仕方がないよねえ」

「笑ったら、失礼」

苦笑して擁護してくれるフリッツと、笑うクラウディオを非難するエーデルトラウトにも、どちらにも恥ずかしくて顔が上げられない。

「いや、悪かった。食べ物を見た途端に反応するものだから、つい、な」

「く、食い意地がはっているように言わないでください」

クラウディオに反論すると、彼はわかったわかったと、ローゼマリーの頭を軽く叩いた。その拍子に、何か白いものが袖口《そでぐち》から落ちる。

「……？」

何となくそれを目で追ったローゼマリーは、椅子の上に落ちた白い毛の塊にぎょっとした。今肩に乗っているモモンガのものにしては、量が多い。思わずクラウディオとそれを交互に二度三度と見てしまう。

「どうした急に変な行動をして」

「あの……、クラウディオ様には換毛期があるのですか？」

「は？」

あまりにも脈絡のない言葉に、目を点にするクラウディオと周囲をよそに、ローゼマリーは白い獣毛をつまみ上げた。

「これ、クラウディオ様のですよね？」

目の前に掲げられたそれに、クラウディオが表情を強ばらせて頭に手をやった。

「換毛期がなければ、心労が重なっているのかも――」

「いや待て、禿《は》げていない。俺は禿げていないぞ。憐《あわ》れむようにこちらを見るな、アルト！　フリッツは笑いすぎて咽《む》せるな！」

顔を怒りで真《ま》っ赤《か》にして側近二人に食って掛かるクラウディオを、はらはらと見ていたローゼマリーだったが、エーデルトラウトが身を乗り出してきたので、手にしていた獣毛をよく見えるようにと差し出した。エーデルトラウトはしばらくじっと観察していたが、やがてぽつりと呟いた。

「これ、山羊《やぎ》の毛」

意外な答えに、ローゼマリーは目を瞬《まばた》いた。まじまじとよく見てみれば、うすく黄色味がかった白い獣毛だ。数日前まで見ていたクラウディオの鬣《たてがみ》は灯に煌《きら》めく白銀だった。

（そもそも、クラウディオ様の頭が今は獣には見えないのに、抜け毛が見えるはずがないわよね。でも山羊の毛って……）

そうして浮かんできたのは。

「まさか、今朝《けさ》の、山羊ですか？」

ぞくりと背筋に寒気が走る。実物は見てはいないが、どんな状態なのかは聞いているので、想像してしまう。

「山羊だと？　俺は触ってはいないぞ」

一時でも驚かされたのが堪《こら》えたのか、少しだけ疲れたような風情のクラウディオに山羊の毛らしきものを見せると、クラウディオは不審そうに眉をひそめた。

「たしかにあの山羊のものに似ているな。だが、いつついたんだ？　抱きつきでもしないかぎり、そうそうくっつくものでもないだろう」

「山羊の毛がくっついた誰かと接触した覚え、ない？」

エーデルトラウトがそう問いかけながらローゼマリーに手を差し出してきたので、山羊の毛を渡すと、筆頭魔術師は小さなガラス球の中にそれを閉じ込めた。

「アルトが通路の端に山羊を寄せるのに触ったはずだが……そうだったな？」

「は、たしかに触りましたが、その後、服を払いました。殿下方のお供で食堂へ向かう予定でしたので、万が一にも落としてはならないと思い、念入りに確認致しました」

生真面目《きまじめ》なアルトのことだから、埃《ほこり》ひとつ許さないだろう。

「それならばいつ、どこでついたのでしょうか……。あ」

「接触したといえば……。ん？」

ローゼマリーとクラウディオは互いに目を見開いて顔を見合わせた。クラウディオが渋い顔をする。

「カヴァンの王女か」

「そう、なのでしょうか」

ローゼマリーは眉を下げて小さく首を傾げた。クラウディオにしなだれかかるようにして抱き着いていた光景が思い浮かんで、慌てて首を横に振る。

「あの、でも、シュゼット様のような女性の力で、いくら干からびていたとはいえ、山羊を運んでくることなどできるのですか？　それにあんな状態にできるのは、魔術師か、聖獣のような……」

「海馬にはできるな。腐っても聖獣だ。魔力は人並み以上にある。カヴァンの王女を操って、一連の小動物の死骸《しがい》遺棄事件を起こさせていたと考えられる。何の為なのかはわからないが……」

顎《あご》に手をやり、唇《くちびる》を歪《ゆが》ませるクラウディオを見ながら、ローゼマリーはふっと恐ろしい事実に気付いて、喉元に手をやった。

「――ということは、わたしは、海馬とシュゼット様の両方から狙《ねら》われているのですか？」

「ああ、そのようだな」

クラウディオが言いにくそうに肯定する。ローゼマリーは湧《わ》き起こった恐ろしさに、胸元のカオラをすがるように握りしめた。

再び落ちた沈黙を破るように、我に返ったハイディが用意しかけていたお茶をカップに注いで渡してくれた。

「姫さま、どうぞ。温まりますよ」

「……ありがとう、ハイディ」

温かなカップを手に取ると、空恐ろしさに冷えた指先と張り詰めた心が熱にほぐされていく。ハイディの気遣いに感謝していると、クラウディオがテーブルに転がした聖物を取り上げた。

「エーデ師、これを海馬に返して、それでおさまると思うか？」

「わからない。ここまで聖堂内に魔術が広がっているとなると、難しい、かもしれない」

エーデルトラウトがわずかに顔をしかめる。眠たげな双眸《そうぼう》が、憂うように伏せられた。

「そうなると、先にカヴァンの王女の魔術だけでも解けるなら、解いておいたほうがいいな。エーデ師、頼めるか」

クラウディオが立ち上がり、エーデルトラウトを伴って部屋の外へ出ていこうとする。ローゼマリーは少し考え、カップを置いてそれを追いかけた。

「クラウディオ様、わたしも行きます。アデリナの時のように解けるかもしれません」

少しだけ震える指を抑え込み、クラウディオに訴える。

「狙われている本人が行ってどうする。お前はここで……。――いや、わかった。ついてこい」

険しい顔をして首を横に振りかけたクラウディオだったが、なぜか突然思いなおして頷いてくれた。もう少し問答するつもりだったローゼマリーが拍子抜けして怪訝《けげん》そうに見上げると、クラウディオはばつが悪そうにため息をついた。

「朝、お前がひとりで食堂に行った時に気が気じゃなかった。待つほうの気持ちがよくわかったからな。あんな思いをさせるくらいなら、ついてきたほうがいい」

「ありがとうございます！」

満面の笑みを浮かべて礼を口にしたが、しかしクラウディオの表情は緩むことはなく、いかにも不服そうな顔だった。

「本当は連れていきたくないのだからな。そこはしっかりと覚えていてくれ」

しっかりと釘《くぎ》を刺されてしまい、ローゼマリーは慌てて表情を引き締めて何度も頷いた。

＊＊＊

シュゼットの部屋はローゼマリーたちの宿泊している四層目ではなく、その下の五層目にあった。アルトとハイディを部屋に残し、以前、ここで勤めをしていたというフリッツの先導でそちらへと向かいながら、ローゼマリーは周囲の音に耳を澄ませた。

ひょうひょうとどこかからか聞こえてくるのは風の音か。明らかに聖者の礼拝堂や夢の中で聞いた音ではない。これははっきりと風の音だと言える。そうしてかすかに聞こえるのは打ち寄せる波の音。

「波の音が聞こえますね」

「ああ、俺たちの部屋がある四層目では聞こえなかったが……。下へ下りるほどよく聞こえるのかもしれないな」

隣を歩くクラウディオに小声で話しかけると、彼もまた声を潜めて答えた。

正午も回り、日が沈むにはまだ早い時刻だというのに、通路にはまるで人気がない。客室が主の階ならば当たり前なのかもしれないが、通り過ぎる扉の奥に人がいるとは思えないほど静かだった。

「えーと、あそこ、かな」

先導していたフリッツがふいに通路に並んだ扉の二つほど先を指し示した。白い漆喰《しっくい》が施された扉は、これまで見てきた客室の扉と何ら変わりはない。だが、わずかに違和感を覚えた。

「あれは……、きちんと閉まっていませんよね」

「そうだな」

警戒をにじませたクラウディオが目を眇《すが》める。普通ならあんなことはないはずなのに。

「ローゼマリー、フリッツとそこで待っていろ」

クラウディオの指示に、ローゼマリーは素直にその場に立ち止まった。何かがおかしい。足手まといになるのは避けたかった。

エーデルトラウトと共に、クラウディオが扉に近づく。開けようとしたクラウディオが、ふと足元に視線を落として目を見開いた。

「……手？」

そんな声が耳に届く。ローゼマリーが息を呑《の》んだ次の瞬間、クラウディオが勢いよく扉を開けた。

「……っ！」

一瞬だけ強ばった表情を浮かべたクラウディオが、すぐに部屋に踏み込む。それとほぼ同時にエーデルトラウトも足音もなく滑り込んだ。

「おい、しっかりしろ！」

安否を気遣う声に、ローゼマリーが思わず足を踏み出しかけると、側《そば》にいたフリッツが身を盾にするようにして行く手を阻んだ。

「もう少し待つんだ」

飄々とした態度を引っ込めたフリッツの背中越しに、真剣味を帯びた声が聞こえる。どくどくと早鐘を打つ心臓をもてあますように、落ち着かなげにカオラのペンダントに手を置いた。

「二人とも、来ていいぞ」

ほどなくしてかけられたクラウディオの声に応じて、ローゼマリーがフリッツと共に部屋の前に立つと、クラウディオは女性を抱え起こしているところだった。黒髪のお仕着せを着た女性は明らかにシュゼットではない。

「その方は……」

「カヴァンの王女の侍女だな」

ローゼマリーはおそるおそる近づいてその傍らに膝《ひざ》をついた。青ざめた顔の黒髪の侍女は完全に意識を失っている。

「クラウディオ、やっぱりカヴァンの王女、どこにもいない」

エーデルトラウトの声がして、そちらを振り向く。開け放たれた寝室を覗き込んでいた筆頭魔術師は、不可解そうに首をひねった。

「いつも共にいた侍女を残してどこに行ったというんだ」

不審げなクラウディオを横目に、ローゼマリーは抱き起こされた侍女の額にそっと触れてみた。次の瞬間、アデリナを抱きしめた時に感じたのと同じ、何かがはがれるような感覚がする。

「……っ！」

あまりにも当たり前のように起こった不可思議な現実に、驚いて手をどけてしまうと、それに呼応するかのように侍女が目を開けた。

「……？　あなたは……！」

か細くかすれた声が侍女の喉から漏れ、すぐに怯《おび》えた表情を浮かべてクラウディオから身を離した。見る間にその頭がタヌキの頭に変貌《へんぼう》する。

「お前は倒れていたんだ。何があったのかわかるか？」

クラウディオのまるで詰問するかのような強い声に、タヌキ頭の侍女の肩が大きく揺れる。

ローゼマリーは彼女の恐怖を少しでも和らげようと、その間に割って入った。

「シュゼット様はどうかされたのですか？」

タヌキ頭の侍女は、ローゼマリーを見るとわずかにためらう素振りを見せたが、それほど間を置かずに口を開いた。

「……は、い。それが……聖地に来てからあの方は少し様子がおかしいのです。わたくしも思うように動けず、気付けばシュゼット様がいらっしゃらなくて……。かと思えば、シュゼット様の服がしめっていたり、何かの汚れや動物の毛などが付着していて……。潮の香りが……」

タヌキ顔の侍女はそこまで話しきると、がたがたと身を震わせ始めた。その先はもう頑なに唇を閉ざし、開こうとしない。ローゼマリーはそんな彼女の背中を労《いた》わるように撫《な》でて、クラウディオを振り仰いだ。

「シュゼット様はやはり海馬に操られているのでしょうか」

「だろうな。――おい、あとひとつ……いや、二つだけ聞かせてくれないか？」

クラウディオができるだけ柔らかい声を出して、侍女に話しかけた。

「シュゼット殿は聖水を飲んだか？　その後に何かおかしな現象がなかったか？」

侍女はしばらく何も答えなかったが、やがて支えていたローゼマリーの腕をすがるように握りしめて唇を開いた。

「聖水は、お飲みになりました。その後、好奇心旺盛《おうせい》な方ですので聖堂内をあちこち見ているうちに、私と世話役の司教様からはぐれてしまいました。ようやく見つけた時には、海を見たと上機嫌で……でも、そんなはずがないのです！」

腕を握りしめる侍女の手になおさら力がこもる。クラウディオが引き離そうとしたが、首を横に振ってそれを制する。うっ血してしまうのではないかと思うほどの強い力に、しかしローゼマリーは奥歯を噛《か》みしめて耐えた。

「シュゼット様と再びお会いできたのは、八層目の階段。それも下の九層目から上の階へ上ってきたところだったのですから」

訴えてくる侍女のタヌキ顔が眼前に迫る。ローゼマリーは目を見開き、身を強ばらせた。

(海って……地下に？　あ、でも十層目は……)

なだらかな丘の上にある地下大聖堂は、崖《がけ》の高さを利用して下へと掘られている。だから最下層の十層目は海とつながっていると初日にイルゼが説明していた。だが。

「十層目は階段が崩落して、下りられないって……」

それを理解した途端に、寒気が走った。海など見られるはずがない。崩落したその先にあるのだから。

「――よく、わかった。恐ろしいことを思い出させて悪かったな。フリッツ、どこか別の部屋を借りて休ませてやってくれ」

クラウディオがローゼマリーの腕から侍女の手をやんわりと引きはがし、フリッツに彼女を託すと、うなだれていたタヌキ頭の侍女がふいに顔を上げた。その顔がゆっくりと人間の顔に戻っていく。

「シュゼット様をお助けください。主《あるじ》はご自分のお顔立ちから、きつい性格だと思われてしまうのを嫌がっておいででした。ですから、クラウディオ様ならつらい気持ちをわかって下さるかもしれない、とお会いになるのを楽しみにしていました。ただそれだけなのです。普段はあんな風にご夫妻に失礼な態度をとるような方ではないのです……」

はらはらと泣き崩れる侍女をなだめながら、フリッツが部屋の外へと導いていく。座り込んでいたローゼマリーは彼女の姿が見えなくなるなり、緊張が解けたかのようにくらりとめまいを感じて床に手をついた。

「大丈夫か？」

「だいじょうぶです……。ちょっとバケツが恋しいですけれども」

苦笑しながら差し出されたクラウディオの手を借りて何とか立ち上がる。

「一旦、部屋に戻るか。ここにいてもカヴァンの王女が戻って来るかどうかわからないしな。エーデ師、他に何か気付いたことはあったか？」

クラウディオが部屋の捜索をしていたエーデルトラウトに話しかけにいくその背を見ていたローゼマリーは、ふと部屋の片隅に夜会用の青いドレスが掛けられているのに気付いた。

（あれは……。初めてシュゼット様と顔を合わせた時に着ていたドレス……）

なぜかそれがとても大切そうに飾られているように見えて、ローゼマリーは思わず目をそらした。

「何か見つけたか？」

「いいえ、何もありません。戻るのですよね」

目ざとく気付いたクラウディオの問いを交わし、先を切って部屋の外へと出る。クラウディオが不可解そうながらもすぐ後ろからついてきた。エーデルトラウトが横を抜けて、ローゼマリーの前を歩き出す。

ふと、先ほどの青いドレスが頭に浮かんだ。

(『クラウディオ様ならつらい気持ちをわかってくださるかもしれない』って……)

「『クラウディオ様ならつらい気持ちをわかってくださる』か。まあ、わからなくもないが……」

一瞬だけ自分の声が出ていたのかと思ってぎくりとしたが、続けられたクラウディオの言葉にそうではないことを知り、ほっと胸を撫で下ろした。しかしすぐに気分が沈む。

「……そうです、よね」

見た目で判断されてしまうのがつらい、というのはクラウディオならよくわかるだろう。

魔術で増長されているとはいえ、ローゼマリーを恨んでしまうほどクラウディオを慕っていたのなら、自分が魔力を奪わなければ、もしかしたら彼女が王太子妃におさまっていたのかもしれない。

(魔力を返せたら、王太子妃の位を相応《ふさわ》しい誰かに譲ってフォラントに帰らないと、って思っていたけれども……。でも)

帰りたくはないし、この場所を誰にも譲りたくはない。たとえそれで憎悪を向けられたとしても。そう思ってしまう自分が、まるで自分でないようで、少し怖い。

きゅっと唇を引き結び、軽く俯《うつむ》く。

クラウディオは自分がいなくなったら二度と笑えないと言ってくれた。イルゼに嫉妬したとも口にした。ただ前者はまだしも、後者はあまりにもさらりと言われすぎて、仲間意識から出たものなのか、自分に好意を抱いてくれているからなのか、判断できない。

「お前、何かおかしなことを考えていないだろうな」

「え……っ」

思い悩んでいたローゼマリーは、ふいに後ろからクラウディオに肩を叩かれて、思わず背筋を伸ばした。

「もしも俺の魔力を奪わなかったら、カヴァンの王女が王太子妃の座におさまっていたかもしれない、とか。魔力を返したら、王太子妃の座を王女に譲ってフォラントに帰ろう、とか」

肩に食い込むクラウディオの指に、ローゼマリーは顔を引きつらせた。なぜばれているのだろう。振り返るのが恐ろしい。

「――か、考えていないです」

「ローゼマリー？」

「……すみません。考えていました」

威圧するかのように名を呼ばれ、圧し負けるように白状する。するとクラウディオは、深々とため息をついた。

「『フォラントに帰す予定は一切ない』と言ったのを忘れたのか？　お前はどうして嫉妬はするのに、そう帰りたがるんだ。――全く、何が悲しくて、好きな女に後添いをあてがわれなければならない」

「……え？」

身をすくませていたローゼマリーは、ぼやくように呟かれた言葉に、耳を疑った。

「今、何て……」

――好きな女。

信じられない思いを抱えつつ、ぎこちなく振り返ってクラウディオを見上げる。彼は渋面を浮かべたまま、嘆息した。

「俺の話も聞いてくれていないのか？　『フォラントに帰す予定は――』」

「違います。もっと後の、『何が悲しくて』の後の……」

「後？　何が悲しく、て……。――っ!?」

クラウディオは耳まで赤くなって立ち止まった。ローゼマリーの肩に置いていた手をはずし、片手の甲で口元を押さえ、視線を狼狽《うろた》えたように彷徨《さまよ》わせる。あまりにも真っ赤になっていくので、こちらまで熱が伝わったかのように頬が熱くなる。

「……口に出ていたか？」

「……出ていました」

ローゼマリーがこくり、と頷くと、クラウディオはしまった、とでもいうように額を押さえた。そうして頭を押さえるようにかき回し、ちらりとこちらを見る。その視線がゆっくりと熱を帯びた。

「――ああ、そうだ。お前のことが、好きだ。俺がどんな姿でも、いつも変わらない真《ま》っ直《す》ぐな目で見てくれるお前が。だから帰したくない」

その言葉を聞いた途端、嬉《うれ》しいはずなのに、きゅっと胸が締め付けられて、早鐘を打つ心臓が痛くて思わず顔を伏せた。

「……わたし――」

俯いた拍子に、きちんと留め金がかかっていなかったのか、カオラの実のペンダントが胸元から落ちた。かつん、と通路に落ちるその音が妙に耳に響く。――と。

――好きだな、お前。面白い。

ふっと脳裏に浮かんだ少年の楽し気な声。目裏に浮かんだのは、今よりもずっと幼いクラウディオの嬉しそうな顔。純粋に好きなものを好きだと言える喜びに満ちているその表情。

目を瞬くと、その幻想はすぐに記憶の底へと沈んでいく。そうしてただ、軽やかな声が耳に残る。

「わたし……クラウディオ様に、子供の頃《ころ》にも好きだと言われた気がします」

時折、蘇《よみがえ》る七年前に出会った頃の記憶は、ひどく心もとなくて自信がない。父のフォラント国王にはクラウディオとは会っていない、とは言われているが、だったらこの記憶は何なのだろう。

不安そうにクラウディオを見つめると、彼は瞠目《どうもく》した。

「俺が、か……？　そんな会話をするほど親しかった覚えはないが……」

クラウディオは思い出そうとするのか、顔をしかめてのろのろと額を押さえた。

わずかな間、沈黙が落ちる。

迷った子供のような表情のクラウディオと、自分もまた同じような表情をしているのだろう。心の中がざわついて、落ち着かない。

クラウディオがふいに身をかがめて、通路に落ちたカオラのペンダントを拾い上げた。一度気持ちを整理するかのように目を閉じて、すぐに開く。その表情にはもう迷いはない。

「言ったのかもしれないし、そうでないのかもしれない。だが、今ここで俺がお前に言ったことは、本当だ。答えはまだいい。今は俺の気持ちを知ってくれているだけでかまわない。ただ、俺はそういう気でお前に接していると、覚えておいてくれ」

どこか照れくさそうに言うクラウディオに、カオラのペンダントをかけられる。

「……はい」

一旦熱が抜けた顔に再び火が灯《とも》るのを感じて、ローゼマリーははにかみつつも頷《うなず》いた。

＊＊＊

「どうして途中で帰ってきてしまったのですか！　エーデルトラウト様！」

黒猫の頭から湯気が出る勢いでぷりぷりと怒るハイディの前で、長椅子に座っていたローゼマリーはただひたすらに顔を赤くして俯いていた。部屋に戻って来てすぐに肩に乗ってきたモモンガが、心配するように頬に身をすり寄せている。

しかし、怒られている当の本人のエーデルトラウトはどこ吹く風で、斜め前のソファに座ったまま欠伸を噛み殺していた。

シュゼットの部屋からの帰り、クラウディオとの会話に気を取られていつの間にかエーデルトラウトが先にいってしまったことに気付けなかった。バケツがあったら被《かぶ》りたい気分である。

そのクラウディオは一度部屋まで戻ってきたが、今度はアルトを連れてすぐにフリッツに任せたシュゼットの侍女の様子を見てくると言い、出ていってしまった。

「ハ、ハイディ、そのくらいで……。ね、わたしたちも悪かったのだから……」

「そうですよ、姫さま！　クラウディオ殿下とお話しするのなら、お部屋に戻って来てからしてくださいな。せっかくのいい雰囲気のところを聞けな……。あらいえ、何でもありません」

うっかりと本音を口にしかけたハイディに、ローゼマリーは赤面して顔を覆った。ハイディがいるのにクラウディオとついそういった会話になってしまうのはよくあるが、それを楽しみにしていたとは思わなかった。

エーデルトラウトが会話をどこまで聞いて、ハイディにどこまで喋《しゃべ》っていたのか気になるところだが、それよりも同時に思い出した過去の記憶のほうが気になった。

自分はクラウディオと面識があったのだろうか。

「あの、エーデ様」

話しかけた時、ふいに扉が鳴った。

その場に緊張が走る。ローゼマリーがちらりとエーデルトラウトに視線を向けると、魔術師は静かに頷いた。それを受けたハイディが、心得たように扉の前に立つ。

「どちら様でしょうか？」

誰何《すいか》の声に、しかし何も返答がない。警戒をにじませたハイディがゆっくりと扉を開く。

「あら、誰もいない……？　――っ、アデリナ!?」

お下げの少女の名を切羽詰まったように叫んだハイディに、ローゼマリーははっとした。

開けた扉の向こうから、ハイディが激しく肩を上下させるアデリナを支えて入って来る。力なくだらりと下がった左の指先から、ぽたり、と鮮血が滴り落ちた。

「どうしたの⁉」

「――とびら、閉めて。早く！」

怒声のような悲鳴のようなアデリナの声に、いち早く反応したエーデルトラウトが常とは違う素早い動きで扉を閉めて、鍵《かぎ》をかけた。

驚くままに、ハイディともども床に崩れ落ちたアデリナの側に膝をつくと、あちこちに傷ができているのに気付いた。一番大きなのは肩の辺りらしく、ぐっしょりと鮮血に濡《ぬ》れている。

「何があったの？」

「旦那《だんな》は？　あんたの旦那、魔術師だよね？　ここからだってさっと地上に出られるでしょ？　だったら早く逃げて！　あんた殺される！」

脂汗と血が混じったものがアデリナの額から流れ落ち、それに反応するかのようにみるみるとその顔がイタチの顔へと変貌していく。かなりの重症のはずなのに、ローゼマリーの腕を握ってくる力は強い。

殺される、という言葉に心当たりがありすぎる。つい先ほど見てきたばかりの部屋の主の顔と、鮮やかなドレスがふっと頭に浮かんだ。

「これ、もしかしてシュゼット様がやったの？」

「そう。あの王女様、あたしがあんたと食堂で一緒にいたのをどこかで見ていたみたい。あんたの部屋の場所を教えろって言われたけど、何だか様子が尋常じゃなかったから、適当な場所に案内してさっさと逃げてこようと思ったんだけど……」

痛んだのか、顔をしかめるアデリナに、側にやってきたエーデルトラウトが手をかざす。するとじわじわと服を濡らしていた血がようやく止まった。

「クラウディオ様は今いないの。すぐに戻られると思うけれども……」

「ああもう、つくづく間が悪い旦那ね！」

「落ち着いてアデリナ、傷が酷《ひど》くなるわ」

「あんたはちょっと慌てなさいよ！」

きっとアデリナに睨《にら》まれたが、これでも十分に動揺しているのだ。走ったわけでもないのに、心臓は激しく波打っているし、立てるかどうか怪しいくらい足ががくがくと震えている。

小刻みに震えるローゼマリーの肩をエーデルトラウトが軽く叩いた。そうしてアデリナの額に手を当てる。

「あまり興奮するの、よくない。大丈夫、ワタシいるから」

抑揚のない、だが落ち着いた声に導かれるように、アデリナが目を閉じる。全身に入っていた力が抜けて、アデリナが気絶するように眠ってしまうと、少しだけ息がつけた。

「クラウディオ様はご無事でしょうか」

「心配ない。危ないのは、アナタ」

ハイディが長椅子にアデリナを寝かせようとするのに、手を貸すエーデルトラウトを見ながら、ローゼマリーはようやく立ち上がった。少しばかりふらつくが、どうにか立てる。

「アデリナを着替えさせたほうがいいわね。何か着替えを持ってくるわ」

そう言い置いて、ローゼマリーは寝室へと向かった。

(シュゼット様がアデリナにわたしの部屋の場所を聞いたってことは、山羊の死骸を置きに来た時には、海馬に操られて意識がなかったのかしら……？)

衣装箱を開いてブラウスやスカートを引っ張り出し、居間のほうへ戻ろうとしてふいにぞわりと悪寒が走った。同時にふわりと漂う潮の香り。

ヂヂッ、と肩に乗ったモモンガが警戒の声を出す。しかしぐるりと見回してみても寝室には誰もいない。

(気のせい……？)

不審には思ったが、そのまま寝室を出ようとして、何かに躓《つまず》いて転んだ。

「いた……。……!?」

躓いたと思ったが、足首を見ると何か黄色味がかった白い毛の束のようなものが絡みついていた。先を辿ってみると、寝台の下の暗がりへと続いている。

「何、これ……っ」

ずるりと引っ張られて寝台の下へと引きずり込まれる。

「エーデ様！　……っ」

閉じた扉に向けて叫びながら、必死で絡みついた束を引きはがそうとすると、肩から駆け下りてきたモモンガが、それに歯を立てた。一瞬だけ、まるで怯えたように白い毛の束が引っ込んだが、すぐにまた絡みつく。

「フォラントの王女！」

声を荒げたエーデルトラウトが寝室に飛び込んでくるのと、寝台の下に引きずり込まれるのはほとんど同時だった。

「ローゼマリー！」

クラウディオの声が聞こえた気がしたが、寝台の下にはありえない、深い穴に落ちていくような感覚に、ローゼマリーはきつく目を閉じた。

＊＊＊

「ローゼマリー！」

クラウディオの目の前で細い指先が寝台の下に消えるなり、エーデルトラウトが魔術の風を

吹かせて、寝台を引っ繰り返した。

しかしながらそこには穴も何もなく、ただ冷たい床があるだけだった。

「っ、どういう、ことだ……？」

舌打ちをして、寝台があった場所を蹴《け》りつける。

シュゼットの侍女の様子を見にいこうとして、途中で出くわしたフリッツが正気の聖職者に託してきたというので、戻ってきた。だが、一体これは何が起こっているのだろう。

ふいに散乱した掛け布や敷布の中に転がっていたものを目にとめて、クラウディオは瞠目した。

「あれは……」

「……これ、さっきワタシが閉じ込めた、山羊の毛？」

そう言ってエーデルトラウトが拾い上げたのは、クラウディオの袖から落ちた山羊の毛だった。たしかエーデルトラウトがガラス珠の中に閉じ込めたのだ。その後居間のテーブルの上にあったはずだが、それがなぜここに転がっているのだろう。

「姫さま……？　ご無事ですか!?」

ハイディが恐る恐るで寝室を覗き込み、引っ繰り返った寝台や衣装箱を見て、ひっと声を詰まらせつつも、ローゼマリーの姿を捜して視線を彷徨わせる。その目がエーデルトラウトの手にあるガラス珠を捕らえた。

「あっ、すみません。それ、皆さまがお出かけになられた後、食器を片付けていてうっかり転がしてしまったんです。どこへ行ったのかわからなくて……。あのでも、姫さまは……」

ガラス珠が見つかったことにほっとしたのか、ハイディは一瞬だけ表情を緩めたが、ローゼマリーを呼ぶ声に、クラウディオが険しい顔で首を振って応《こた》えてやるなり、蒼白《そうはく》になった。ふらついた肩を、フリッツが強ばった顔で支える。

小さく唇を噛んだエーデルトラウトが、足をたん、と踏み鳴らすと、その一瞬で荒れていた寝室が、元のように整えられた。

「前に、フォラントの王女が番人の詰め所に来た時、イチイの枝を媒介に使って城に送り届けたのと同じ。山羊の毛を媒介にした『何か』がフォラントの王女を連れ去った」

「山羊の毛に魔力などないはずだろう」

クラウディオは眉をひそめた。イチイの木は魔力を帯びているからこそ、媒介になりえるはずだ。

「あるわけがない。だから、ちょっと油断してた。多分、ワタシも気付かないくらい微量な魔力が染み込んでいたと思う」

目を眇めたエーデルトラウトが、ガラスを壊した。そうしてくるりと手のひらを返したかと思うと、山羊の毛は瞬く間に焼失した。その際に、ふわりと鼻腔《びくう》をくすぐったのは、煙の香りではなく。

「潮の香り……？　――やっぱり海馬か！」

クラウディオは腹立たし気に、いまだに漂う煙を振り払った。そうして大股に部屋の外へと歩いていく。後から真剣な表情のアルトが無言で付き従ってきた。しかし、行く手をフリッツが阻む。

「殿下、どこへ行くのさ！　奥方殿がどこへ連れていかれたのかもわからないのに」

「見当はついている。おそらく一か所はカヴァンの王女が行方《ゆくえ》知れずになった時に見つかった崩落した十層目の近く。もう一つは二度も動物の死骸が置かれ、聖物が安置されていた聖者の礼拝堂。だが、山羊の毛を媒介とするなら、礼拝堂のほうが可能性は高い」

心臓はうるさく鳴っていて、冷や汗が額から流れるが、焦りで判断を誤ることだけはしたくなかった。後ろから追いかけてきたエーデルトラウトが追い越して、先導する。

「フリッツ、俺たちが夜が明けても戻ってこなかったら、ランセル司教にすべて話せ。あの人ならどうにか収めるだろう」

フリッツの返答を待たずに、居間を飛び出す。時間的にはそろそろ夕餉《ゆうげ》の時刻だろうが、誰にもすれ違うことも、追い越すこともない。奇妙な静けさが漂う聖堂の狭い通路を、三人分の足音が駆け抜ける。

「クラウディオ、さっきアデリナ見た？」

エーデルトラウトが振り返りもせずに話しかけてくるのに頷く。

「ああ、あれをやったのはカヴァンの王女か？」

「そう。だから海馬よりも、もしかしたらカヴァンの王女のほうが今は危険かもしれない」

エーデルトラウトの淡々とした声が、焦りを鎮めていく。クラウディオは上がり始めた息を呑み込み、礼拝堂を目指して床を蹴った。

＊＊＊

どさり、とどこか硬いものの上に落下して、ローゼマリーは小さくうめき声を上げた。

「……ったた……」

打った腰をさすりながら周囲を見回そうとすると、ころりと何かが膝から転がり落ちた。

「モモちゃん！」

ふわりとした毛並みのモモンガを見つけて、ローゼマリーは慌ててそれを抱き上げた。額の花模様が薄闇に淡く光っている。そのことに、不思議に思うよりも張り詰めた心が少しだけ和らいだ。ひとりだけではないということに安堵《あんど》する。

「ここは……」

改めて見回してみると、そこは聖者カミルの礼拝堂だった。今にも動き出しそうな聖者カミルの像の前の祭壇に座っていると気付いたローゼマリーは、青くなりながらもそろそろと下りた。

「どうしてこんな場所に……」

礼拝時間以外ではロウソクをそれほど灯していないのか、いつも明るい光に満たされているのに今日《きょう》ばかりは薄暗く、天井から吊《つ》るされた塩のシャンデリアも闇に沈んでよく見えない。

寝台の下に引っ張り込まれたはずなのに、なぜ上の層の三層目にある礼拝堂にいるのだろう。

足首をそっと見てみると、絡みついた糸の束の痕《あと》がくっきりと残っていて、ぞっとした。

何が何だかわからない。だが、あれはきっと魔術だ。そうなるとおそらく海馬の仕業。

「戻らないと……」

ここからなら部屋への帰り方はわかる。そのことだけが唯一の救いだった。

モモンガが定位置の肩に乗ったのを確認して、足早に礼拝堂の外を目指そうとしたその時、誰かがこちらに駆けてくる足音に気付いた。

（誰……？）

誰がくるのかわからない。それこそ自分を狙っているらしいシュゼットの可能性もある。

どくどくと速まる鼓動を押さえて、身を隠す場所がないかと辺りを見回す。普通の聖堂なら参列席があるが、どういうわけかここにはひとつもない為、隠れる場所がない。

焦ったローゼマリーは、礼拝堂の出入り口付近の壁にできるだけ平らになるように張り付いた。誰かが入ってきてもすぐに出てしまえば、上手《うま》くすれば気付かれない。

コツコツと足音が近づく。緊張で急速に渇いていく喉を鳴らして、ともすれば震えそうになる体を押さえた。

すうっと何者かが礼拝堂に入ってくる。周りを見回すことなく真っ直ぐに祭壇に向かっていくその後ろ姿を目にしたローゼマリーは、悲鳴を押し殺してすぐさま礼拝堂を出た。

(金茶の犬の頭……あれは、シュゼット様！)

なるべく足音を立てずに通路を進もうとしたが、どうしても靴音が響く。カツン、と踵《かかと》がひときわ高く鳴った。

はっとして肩越しに背後を振り返ると、ぐるりと金茶の犬頭の王女が振り返ったところだった。その手に握られたのは、細身のナイフ。

ローゼマリーは弾《はじ》かれたように走り出した。繊細な模様が施された細い通路は複雑に折れ曲がり、方向感覚を狂わせる。

(下への階段は、どこだった?)

一歩間違えればどこに出るかわからない。焦っているのでなおさらだ。

ギヂッと、頭の上に移動していたモモンガが警戒の声を上げる。追いかけて来る足音は止まるどころか近づいているようで、ローゼマリーは恐怖に震えそうになる唇を噛みしめた。

（でも、このまま逃げているより、魔術を解いたほうがいい？）

それは一か八かの賭《か》けだ。アデリナや侍女は武器を持っていなかったが、今背後に迫るシュゼットの手にはナイフがある。シュゼットに扱う技量があるのかどうかわからないが、魔術に操られた分、彼女のほうが有利だろう。

迷っていると、ふいにモモンガがぱっと飛び立った。かと思うと、なぜか少し先の角にある釣鐘草《つりがねそう》が彫られた壁にぺたりと張り付いた。

「モモちゃん、どうしてそんなところに……っ」

ぶつかる勢いでモモンガを回収する。その拍子にわずかに壁が向こう側へと動いた。ぎょっとしたが、ふと思い出す。

（……っ！　裏通路）

イルゼが鐘楼に連れていってくれた時、表の通路ではなくそれとは別に造られた使用人専用の裏通路を通った。これはその出入り口のひとつなのだろう。

カツカツと足音が近づいてくる。

迷っている暇はなかった。ローゼマリーは思い切り壁を押して飛び込んだ。そうして閉めるのももどかしく、表通路とは違い、さらに灯が落とされて薄暗い裏通路を走り出す。

抱いているモモンガの額の花模様が一層明るくなったような気がした。

（出口はどこ？）

後ろから追いかけてくる気配はないが、いつまでもここで彷徨っているわけにもいかない。

「モモちゃん、出口がないかしら」

肩に移動したモモンガに話しかけながら胸元に手をやりかけて、そこにカオラのペンダントがないことに気付き、息を呑んだ。

(どこで落としたの!?)

あれにはクラウディオの想《おも》いが込められているのに。一瞬だけ、捜しに戻ろうと踵《きびす》を返しかけて、やめる。これで万が一にもつかまってしまったら、クラウディオはきっと怒るだろう。下手をすれば、会えるかどうかもわからない。

「クラウディオ様……っ」

つい先ほどまでは、手が触れるほど近くにいたはずなのに。会いたくてたまらない。このまま会えなくなるのは絶対に嫌だ。

歯を食いしばって、先を急ぐ。シュゼットの気配はしない。そればかりかこれまで誰にも会わなかったことに、焦燥感を覚えた。

自分ひとりがこの地下大聖堂に取り残されているのでは、という恐怖が湧き起こり、終わらない追いかけっこが続くのではないかとさえ思ってしまう。

——と、前方にそれまでよりも大きな明かりが見えた。その下に見えたものに、目を見開く。

(あれは……階段?)

くるくると上へと伸びる螺旋《らせん》階段は、大聖堂へ下りた時に入り口にあったものより小さかったが、見覚えがある。広い海原を遥か彼方《かなた》まで見渡せる鐘楼へと続くものだ。

ギヂッ、とモモンガが再び警戒の声を上げる。どこかで走る足音が聞こえた。

迷っている暇はなかった。このまま逃げまどい、いたずらに体力を消耗するよりは広い場所でシュゼットを待ち構えていたほうがいい。

螺旋階段を上りきると、凍えるように冷たい風が身を包み込んだ。海辺の風は強く、潮の香りが鼻腔を支配する。

「モモちゃん、ちょっと我慢していてね」

被膜があるせいか、すぐに飛ばされてしまいそうになるモモンガを胸元に押し込んだ。ふわりとした獣の毛が少しだけ体を温める。

ひょうひょうと風切る音が耳に突き刺さる。それが海馬のいななきを連想させてしまい、似ていないはずなのに背筋が凍った。

ふいにカツン、と階下で足音がした。切れた息も整わずに、ごくりと喉を鳴らす。口の中で鉄さびの味がした。

カツン、カツン、と一定の速度で上がってくるその音が、なおさら恐怖を掻《か》き立てる。

ローゼマリーはできるだけ階段から距離を取った。ちらりと上を見上げてみれば、鐘に彫られた海馬の目が、こちらの行動をあざ笑っているかのように見えてくる。

「――見つけたわ」

歓喜に満ちた声に階段に視線を戻すと、そこに金茶の犬頭の娘がゆらゆらと体を左右に揺らしながら立っていた。白っぽいドレスに散ったいくつかの斑点は、アデリナを傷つけた時の血痕《けっこん》だろうか。

「見つけた見つけた。ようやく見つけたわ。貴女《あなた》の目、クラウディオ様を見つめるその汚らしい目。持っていけば、きっとクラウディオ様が私を見てくださるわ。だから私に貴女の目をちょうだい？」

無邪気な笑い声を上げ、ナイフを手にしたまま可愛らしく首を傾げたシュゼットに、背筋がぞっとした。明らかに狂っている。

一瞬だけ、ここまでになっていて魔術が解けるのだろうか、という疑問が首をもたげたが、首を横に振ってすぐに打ち消した。

(できなければ、死ぬだけ)

犬頭の王女がナイフを振りかざしてこちらに駆け寄ってくる。突進してきたそれをどうにか避けると、シュゼットは意味をなさない言葉を発して急に向きを変えた。

「えっ……」

足がもつれる。転びそうになったところを、寸でのところで手すりにつかまってこらえた。ほっとしたのも束《つか》の間、女性ではありえない力で襟元を引かれて上に持ち上げられた。そのまま手すりに背中を押し付けられる。眼前にナイフが迫り、手すりから外へ乗り出した上半身の下から吹き上げる海風が頬を凍らせた。波音が聴覚を支配する。その時、心の底から湧き起こったのは、恐怖ではなく怒りだった。

「ふざけないで！　わたしの目なんか持っていっても、クラウディオ様が貴女を見るわけがないわ。そんなことができるくらいなら、自力で振り向かせることなんて簡単でしょう!?」

自分だって、始まりはこの忌々しい目だ。そこから色々と乗り越えてここまできたのに、簡単にこれをあげるから自分を見てほしいなど、ふざけている。

「うるさい、うるさい、うるさいっ」

シュゼットが大きな犬の口を何度も開閉させて、がくがくとローゼマリーの襟元を揺さぶった。それをやめさせようと、彼女の手をつかむ。

――と、瞳孔《どうこう》の開ききった目が、我に返ったように瞬いた。ふわりと何かがはがれる感覚――魔術が解ける感覚が体を襲う。

次の瞬間、シュゼットから力が抜けた。唐突に手を離されたローゼマリーの体が、そのまま手すりの向こう側へと傾ぐ。

（落ちる！）

全身が冷水を浴びたかのようにざっと凍り付く。伸ばした腕の指先さえも手すりにかすらずに、そのまま崖下へと落下する。

「――ローゼマリー!!」

聞きたくてたまらなかった声が、耳を打った。見開いた視界に、蒼白な顔でこちらに身を乗り出すクラウディオの姿が映る。

「クラウディオ様、駄目!」

伸ばした手を引っ込めるよりも先に、手すりから飛び出したクラウディオに抱きしめられた。

「クラウディオ!」

エーデルトラウトの切羽詰まった声が海風の合間に響き、下から吹き上げた強風に落下の速度が弱まる。筆頭魔術師が魔術を使ったのだ、と思うよりも早く、眼前に迫った水面に、クラウディオともどもざぶりと落ちた。

冷たい海水が体を包み込む。空気を求めて口を開こうとして、そのまま息が続かなくなった。濡れた服が重しになってぐんぐんと水底へと体を沈めていく。それに抗《あらが》おうと、必死で手足を動かした。

「暴れるな!　沈むぞ」

クラウディオの声が耳元で響いた。そこでようやく彼に抱えられていたのだと気付く。

「しっかりつかまっていろ。岸は近い」

力強い声に、頷く代わりに首に回させられた腕に力を込めて、しがみつく。次の瞬間、ひときわ高い波が自分たちの上に覆い被さってきた。

「……っ」

水に呑み込まれる間際、クラウディオがかばうように体を包み込んだ。波の間に巻き込まれ、上も下もわからない。その時、ガツン、とどこかにぶつかった衝撃がした。次いで、背中に回されていたクラウディオの腕がわずかに緩む。離れかけたその手を必死で押さえると、ごぼりと彼の口から空気の塊が吐き出されたのを見た。

心臓が凍り付く。死んでしまう、という思いに心から震えが走る。

(嫌──っ!!)

再び襲った波に、奇しくも手が離れる。まるで波に放り込まれた木の葉のように、容赦なくもみくちゃにされた。

「──っつぅ……」

鋭い痛みにはっと我に返ったローゼマリーは、目を大きく見開いた。そうして視界に映ったものは、黒い岩礁だった。助かったのだ、と思う間もなくクラウディオの顔が脳裏に浮かぶ。

「……っ、クラウディオ、さま……は」

だるい体を必死で起こすと、岩で切れたのか、あちこちがひりひりと痛んだ。しかしそんな些細《ささい》な傷を気にしている場合ではない。巻き込んでしまったクラウディオはどこだろう。

じくじくと地味に痛む傷を堪《こら》えながら周囲を見回すと、そこは洞窟《どうくつ》の中だということに気付いた。足元にかかる冷たい海水は、トンネルのような場所を抜けて外から波を運んできている。

ふと、少し離れた場所でクラウディオが倒れているのを見つけた。

「クラウディオ様！」

足場の悪い岩場を時々転びかけながら近づく。うつ伏せに倒れて、ぴくりとも動かないクラウディオの肩を震える手で仰向かせた。

「大丈夫ですか⁉　クラウディオさ、ま……っ。うそ、息、していない……」

真《ま》っ青《さお》な顔できつく目を閉じたその顔はまるで死人のようで、ひやりと氷の手で心臓を撫でられた気がした。ぱちぱちとその頬を叩くが、呼吸が戻ることはない。

「人工呼吸……しないと」

正式なやり方などはわからない。だが、このままでは確実にクラウディオは命を失う。

（迷っている暇なんて、ない）

氷の欠片《かけら》のように触れれば切れそうなほどに青ざめた頬に手を伸ばして、かすかに開くクラウディオの唇に自分のそれを重ねた。恥じらいも、何もかも忘れ、ただ願いを込めて、呼気を吹き込む。

（お願い、目を覚まして――――！）

＊＊＊

目の端を何か赤い物が横切った気がして、クラウディオは読んでいた本から目を上げた。

『禁忌の森』に近いこの庭には、森を恐れてほとんど人がやってこないが、珍しいことに誰かが通ったらしい。低い庭木の向こうにまるで馬の尾のように揺れている人の髪がある。

バルツァーの建国祭を数日後に控え、各地、各国からの賓客がこの城に集まってきていたが、あれほど見事な赤毛は見たことがない。

ひっきりなしに挨拶《あいさつ》にやって来る賓客に嫌気がさして逃げ出してきたものの、本にさえも飽きてきたところだった。好奇心をもたげたクラウディオは、ひょいと庭木の向こうを覗き込んだ。

「お前、何をしているんだ？」

そこには、せっせと銀色のバケツに土を詰め込む赤い髪の少女がいた。十二歳の自分よりも二つ三つ年下だろう。一瞬、庭師の子供かと思ったが、着ているものはそれなりに質のよいものので、どこかの貴族の子女のようだった。

少女は聞こえていなかったのか顔を上げることなく、ただ土を掘り返しては、バケツに入れる、というのを繰り返している。

気を悪くするより、興味を惹《ひ》かれた。呼びかけられても聞こえなくなるほど、そんな風に夢中になれるのは、どういうわけなのだろう、と。

「――楽しそうだな」

「うんっ、楽しいよ！」

ぱっと顔を上げた少女が満面の笑みを浮かべる。頰に土をつけたまま、若草色の瞳《ひとみ》を輝かせてくったくなく笑う少女に、なぜかどきりとした。

「な、何をしているんだ」

わけもなく動揺する自分に首を傾げながら尋ねると、少女はバケツに入れた土を掲げた。

「庭師のおじい様がバルツァーの庭園は素晴らしいって聞くけど、うちの国とは土が違うせいなのかもしれない、って羨《うらや》ましそうに言うから、お土産《みやげ》に持って帰ってあげようと思ったの」

土を土産に。にこにこと笑う少女に、クラウディオはつられて笑ってしまった。

「勝手に持って帰ったら盗っ人になるぞ」

「えっ、と。お庭の端っこのほうなら大丈夫かな、と思って……。駄目かな？　お兄ちゃんこのお城の人？」

いかにも不安そうに首を傾げる少女に、クラウディオは納得した。

この少女は知らないのだ。自分がバルツァーの王太子だと。それはとても新鮮で不思議な気持ちだった。

「違う。でも、知り合いがいるから、許可を貰《もら》っておいてやる」

「本当？　ありがとう！」

しおれた花が再び咲くようにぱあっと笑みを浮かべる少女に、再び心臓が大きく跳ねる。

王太子クラウディオに挨拶に来る賓客たちの、上辺だけの笑顔がなおさら仮面のように思えた。こんな風な笑顔など向けられたことはない。赤子の頃に亡くなった顔も知らない母親はまだしも、存命中の父バルツァー国王からもこんな親しみのこめられた、開けっ広げな笑みは向けられたことがなかった。

（なんだ、これは）

速まる鼓動に何かの病気かと胸に手を当てて首をひねると、少女が唐突に立ち上がった。

「あっ、あっちにもよさそうな土がある！」

よさそうな土、とは何だろう。どこの国から来た少女か知らないが、バルツァーの王城の中にはどれも一級品の絵画や造形品などがそろい、少女が言うように庭園には世界中から取り寄せているのではないかと思うほど何種類もの花が咲き乱れている。それさえも目もくれず、唯一目を輝かせるのが、土。

「土か、ははっそうか」

「あっ、土を馬鹿《ばか》にしたら駄目よ、お兄ちゃん。うちの国の土じゃないと育たない木もあるし、土がないと麦も育たないのよ。だから笑ったら駄目」

予想以上にはっきりした主張に、クラウディオは感心してしまった。当たり前のことがそうではないと気付かされる。

「好きだな、お前。面白い。——明日《あす》もここへ来ないか？　もっと話したい」

魔術大国バルツァーの王太子として、捨てざるを得なかった素直な言葉がこぼれ落ちる。すると少女は再びぱっと花が綻《ほころ》ぶように笑って頷いた。


ふっと目を開けると、赤毛の娘——ローゼマリーが涙でぼろぼろになった顔でこちらを覗き込んでいた。

「クラウディオ様！　わたしがわかりますか？」

「……土娘《つちむすめ》」

「えっ、だ、大丈夫ですか？　どうしよう、頭を強く打ったのかしら……」

ただでさえ青白い顔をさらに青ざめさせたローゼマリーに、クラウディオは小さく笑って手を振った。

「悪い、今のは冗談だ。子供の頃の夢を見ていた。——お前はバルツァー王太子妃ローゼマリー。俺の大切な奥方殿だ」

つい先ほどまで見ていた夢。いや、夢ではない。実際にあったことだと確信できる。なぜ今まで欠片ほども思い出せなかったのだろう。

涙で濡れた頬に手を伸ばすと、ローゼマリーはさらに泣き出してしまった。

「……やめてください、こんな時に、冗談なんかっ」

それを慰めようとして起き上がり、急激に胃の腑《ふ》からこみ上げてきた吐き気に、クラウディオはとっさに横を向いて吐き出した。慌てたようにローゼマリーが背中をさすってくれる。ずきずきと側頭部が痛んで、太ももの辺りが裂けているのに気付いた。血の匂《にお》いがやけに鼻につく。

しばらくして吐き気がおさまると、クラウディオはようやく顔を上げた。

「悪かった、落ち着いた……」

「もう少し横になられていたほうが……。クラウディオ様は溺《おぼ》れて呼吸が止まっていたんです。他に苦しいところはありませんか？　あとこめかみが切れていて……」

背中をさするローゼマリーの手が、安堵したように下ろされる。そうしてこめかみに触れた髪を払った。

「いや、大丈……夫」

言いかけて、ふと気付く。体の中を、暖かな何かが巡っていた。冷たい海水に浸かったというのに、心臓の辺りが陽だまりのように暖かい。その熱は覚えのあるものだった。右手を持ち上げてまじまじと眺め、くるりと手を反転させる。

ふっと青白い魔術の炎が手のひらに浮かんだ。驚きにローゼマリーを見やる。

「魔力が戻っている……。お前、何かしたか？」

「え？　ええと、その……、じ、人工呼吸を……」

頬を染めて、視線を彷徨わせるローゼマリーの唇を眺め、クラウディオはそろそろと顔に手をやった。その指先に触れるのは、いつもの獣毛ではなく人間の肌のそれで、おそらく人の顔に戻っているのだろう。

「どういうことだ？　何回かしたのに、今回ばかりは戻るなんて……」

喜ぶよりも、戸惑いのほうが大きい。考え込み始めたクラウディオは、ふいに真っ赤な顔をそらしていたローゼマリーがくしゃみをしたのに、我に返った。

「ああ、寒かったな。今、水を飛ばす」

片手を横に振ると、途端に風が吹いて自分とローゼマリーの水気をさらった。それでもまだ服は湿っている。完全に乾かすことはできないが、これで少しは寒さも和らぐだろう。

「またお前に助けられたな。ありがとう。お前は怪我《けが》をしていないか？」

「……っ、していません。クラウディオ様がわたしをかばってくれたので……。あの、足は痛みませんか？　けっこう血が出ています」

その指摘に、ようやく座っていた地面にかなりの血が流れているのに気付いた。

「ああ、このくらいだったら大丈夫だ」

上着を脱ぎ、シャツの袖を破いて手早く傷口を縛る。こうしておけばこれ以上広がらないだろう。多少動きにくくはなるが。

「あの……、魔術で傷を治せないのですか？　エーデ様がアデリナの傷を治していたので……」

首を傾げるローゼマリーに、クラウディオは肩をすくめた。

「それは多分、止血をしていただけだろう。魔術で無理に治すと、体に負担がかかる。それに俺は治癒の方面は得意じゃないんだ。――それにしても、よく助かったな。エーデ師にも感謝しないとな」

あのまま落下していたら、崖下の岩礁にでも叩きつけられていただろうが、エーデルトラウトが魔術の風を起こしてくれたおかげだろう。

「シュゼット様は落ちていないでしょうか？」

「おそらく大丈夫だろう。エーデ師は助けないだろうが、アルトがついてきていたからな。それにしてもお前はお人よしだな。自分を殺しかけた女の生死の心配をするのか？」

心配そうに上を見上げるローゼマリーに呆《あき》れたように嘆息すると、彼女は小さく頷いた。

「それはわたしも怒りますけれども、魔術のせいで憎しみが増長されていたからだと思うと、死んでもいいとまでは思えません」

「――本当にお人よしだな」

それだからこそ、こっちが見ていないと危なっかしくて仕方がない。

クラウディオは苦笑すると、脱いだ上着の隠しから自分が聖地に出かける前に渡したカオラのペンダントを取り出した。

「俺は、このペンダントを聖者の礼拝堂で見つけた時、生きた心地がしなかったぞ」

「――っ！　せっかくクラウディオ様からいただいたものなのに、落としてしまって落ち込んでいたんです。ありがとうございます！」

ぱあっと花が綻ぶような満面の笑み。あの幼い日に土に目を輝かせていた少女が、今は自分からの贈り物でこんな風に喜んでくれるのかと思うと、胸の内が温かいもので満たされるような満足感を覚えた。

「どうして、忘れていたのだろうな……」

くしゃり、と前髪を悔し気に握る。

あの時感じた温かい思いも、感心したことも、あの屈託のない笑みもすべて忘れて、自分はローゼマリーを七年間も憎み続けていた。おそらく魔術を奪われたからだけではなく、忘れてしまうほどの『何か』があの邂逅《かいこう》の後にあったのだ。

「傷が痛みますか？」

ふいにローゼマリーが心配そうに顔を覗き込んできた。

大丈夫だ、と口にしかけた時、鼓膜に突き刺さるような動物の鳴き声が洞窟内に反響した。

＊＊＊

鼓膜に突き刺さるような動物の鳴き声に、ローゼマリーは思わず耳を押さえた。

「何だ、この声は？」

顔をしかめたクラウディオが同じように片耳を押さえている。

「クラウディオ様にも聞こえるのですか？　わたしを呼んでいたのは、この声です」

どうして急にクラウディオにも聞こえるようになったのだろう。魔力を返したせいだろうか。

「首でも絞められているような声だな。この奥からか？」

クラウディオが険しい表情を浮かべ、真っ暗な洞窟の奥へと目を向ける。入り口のほうから夕方の日の光が差し込んでいたが、弱い光では中まではっきりと見通せない。

「海馬、でしょうか？」

「多分そうだろうな」

ふいに脳を揺さぶるような苦し気な声がふっとやむ。それとほぼ同時に、クラウディオの胸元が朱金に光り出した。

「熱っ、何だ？　聖物が熱くなったぞ」

クラウディオが慌てて胸元から袋に入った聖物を取り出すと、それはなお一層のこと強い光を放ち、袋が焼け焦げていく。こぼれ落ちそうになった聖物を受け止めようと、ローゼマリーはとっさに手を差し出した。

「触るな！」

クラウディオの叫びと、聖物が手のひらに転がり落ちたのはほとんど同時だった。

熱かったのは一瞬。朱金の光がまるでローゼマリーに溶け込むかのようにすうっと消えていく。体の中に、ほわっとした温かなものが一瞬だけともり、すぐに消えた。

すぐさまクラウディオが聖物を取り上げ、ローゼマリーの手のひらを確かめるように触れた。

「何にもなっていないな。今のはもしかして魔力を吸い取ったの、か？」

「わかりません。でも、魔術を解いた時とは違う感じでした」

手を開いたり閉じたりしながら、じっとそれを見つめる。

(本当に吸い取ったの？　だったらせっかく返したクラウディオ様の魔力もまた奪ってしまうんじゃ……)

しばらく忘れていた不安がむくりともたげる。聖物を手に何かを考えていたクラウディオがふいに顔を上げた。

「ここまで来たら、海馬に聖物を返してしまおう。聖地の事情など知ったことか。これが光ったということは、近くにいるのかもしれない。行くぞ」

「だ、駄目です！」

手を取ろうとしてきたクラウディオの手を避け、ローゼマリーは自分の手を抱き込むようにして後ずさった。

「触ったら、駄目です。せっかく戻ったクラウディオ様の魔力をまた奪ってしまいます。この前獣の頭に戻ってしまったのも、きっとわたしが魔力を奪ってしまったからで……」

虚を突かれたような表情のクラウディオが、一瞬だけ傷ついたような顔になり、最後に眉間に皺を寄せる。そうしてローゼマリーの手を強引につかんだ。そのまま歩き出す。ローゼマリーは恐ろしさに、必死で手を引き抜こうとした。

「離してください、クラウディオ様！」

「うるさい。奪われるなら、さっきお前の手のひらに触れた時点で奪われている」

はっきりと断言するクラウディオに、ローゼマリーはそれでも戸惑いがちに反論した。

「ですが、アデリナにかかった魔術が解けました」

「魔術を解くのと、魔力を奪うのは違う。上辺だけは取り除けても、根本はそう簡単に引き抜けるはずがない」

「エーデ様も素手でわたしに触ることはしません」

「エーデ師の場合は魔力を奪われて戻せた前例がない。俺の場合は前例がある。もしまた魔力が奪われたとしたら、また戻せばいいだけのことだ」

　ああ言えばこう言う。すぐに返答をしてくるクラウディオに、完全に不安は消えないものの、それでも心強く思う。

　無言でクラウディオにつかまれた手をこちらから握り返すと、彼は振り返りもせずに強く握り返してくれた。その足元がわずかにふらつく。クラウディオが足に怪我を負っていたことを思い出したローゼマリーは慌ててその脇《わき》を支えた。

「ああ、悪いな。助かる」

　クラウディオを支えながら、洞窟の奥へゆっくりと進んでいくと、潮の香りに混じって、かすかに血の匂いが漂ってきた。

「気をしっかり持て。嫌な予感がする」

　クラウディオのひそめられた声が、真剣味を増す。何を見ても声だけは上げないでいようと、ローゼマリーが唇を噛みしめた時、再びあの苦しんでいるような鳴き声が耳を打った。同時に聞こえてきたのは、重たい金属のこすれる音。こんな場所で聞こえるはずのない音に、ばくばくと鼓動が速くなっていく。

　入り口のほうから差し込んでいた夕日がさらに弱くなっている。ふいにクラウディオが、支えられていないほうの手を素早く振った。その動きに合わせて現れた青い炎が洞窟の奥を照らし出す。

「――っ!?」

「これは……」

目にしたものに、二人同時に息を呑んだ。

上半身が勇壮な白馬、下半身が青く煌めく宝石のような鱗《うろこ》に覆われた魚の尾。

ドーム型に開けたその場所に、大聖堂の入り口や祭壇、そして客室のタペストリー等、あちこちで見かけたあの海馬がいた。

しかしながら力なく横たわるその首には太い首輪がつけられ、そこからは頑丈な鎖が延びている。その先は洞窟の奥の岩盤につながっていた。よく見れば、その四肢にも首ほどではないが鎖がつけられ、地面に縫い止められている。首輪がきついのか、それともその内側に何か施されているのか、幾筋もの血が首を滴り落ちている。

「ひどい……、こんな、こと」

誰がやったのか、というのは考えなくてもわかる。

震えるほどの怒り、というものを感じたことがなかった。ローゼマリーの呟きに、ふいに海馬が身動きをした。その喉から先ほどと同じ悲痛な声が漏れる。

――聖なる獣の愛《めぐ》し子。来い、来い、来い。

ふらつきながら立ち上がった海馬が、閉じていたその目を開ける。しかしながら美しい夕日を凝縮したような茜色の瞳は、片方しかなかった。その色合いにはっとしたクラウディオが、握っていた聖物に目を落とす。

「まさか、これは海馬の目か」

クラウディオの声が驚きにかすれる。大きさがだいぶ違うような気がするが、色はそっくりでとても別物とは思えない。

海馬がいなく。

——目を、我が目を返せ、人間が！　優しくすればつけ上がりおって！

洞窟に反響した海馬の声が、岩盤を揺るがす。鎖を引きちぎる勢いで立ち上がる海馬の首から再び幾筋もの血が流れ落ちた。

聖地の人々は海馬を捕らえ、その自由を奪い、あまつさえ目を取り出したのだ。すべては聖地の運営の為に。そうして今もなお、捕らえたまま。

——小さき獣と同じように其方《そのほう》からも目を奪い、我が魔力の糧としてやる。

ガチャガチャと拘束している鎖が鳴る。唯一自由な尾を振り回し叩きつけた岩盤から、ぱらぱらと細かな石の欠片が落ちてくる。

小さき獣。やはり海馬があの小動物たちから目を奪い、その身を干からびさせていたのか。この場に囚《とら》われていては、シュゼットを使って連れてくるしかなかったのだろう。

ローゼマリーはクラウディオの手から聖物を奪い、海馬のほうへ足を踏み出した。

「返します！　だからクラウディオ様から目を奪わないで」

「よせ！」

制止しかけたクラウディオとの間に、一際大きな岩が落ちてくる。ローゼマリーは一瞬だけひるんだが、その隙をついて海馬の側へと駆け寄った。

見上げるほどの巨体から、とめどなく流れる血が洞窟に流れ込んだ海水に混じって、海を濁らせる。それはまるでこの大聖堂に巣くう黒い思惑が染めているようで、怒りと共に哀《かな》しみを覚えた。

「あなたの目です。どうかお怒りを鎮めて――」

ローゼマリーが聖物を掲げると、海馬が足を踏み鳴らして鎖をガチャガチャと揺らした。

――ああ、ああ、愛し子よ。そなたの身からは甘い香りがする。極上の魔力の香りと果実の甘い香りだ。銀獅子《ぎんじし》の食いかけでもかまわぬ。その血肉、魂までも、一片も残さずに食ろうてやろう！

海馬は歓喜の雄叫《おたけ》びを上げたかと思うと、ローゼマリーの持つ己の目ではなく、その喉元に食らいつこうと、大きく口を開けた。

「ローゼマリー！」

喉を食いちぎられる幻影が頭に浮かんだその時、胸元からまばゆい光が飛び出し海馬の顔面に張り付いた。それとほぼ同時にクラウディオに足元をすくわれ、身を引き寄せられる。そのまま抱え込まれるようにして横に転がったローゼマリーは、起き上がるよりも先に目にしたものに瞠目した。

「な、なっ、あれって……」

「モモンガだな」

額の花模様があの裏通路を彷徨っていた時よりも輝いている。ぴったりと海馬の独眼に張り付いていたのは、たしかに自分がモモちゃんと名付けたあのモモンガだ。そういえば鐘楼で胸元に押し込んでいたのを忘れていた。

海馬が振り落とそうと首を振るも、糊《のり》で張り付けたかのようにへばりついている。

「今のうちに離れるぞ」

「ですが、モモちゃんが……っ」

「よく見ろ、大丈夫だ。あれはただのモモンガじゃない。――聖獣だ」

「聖獣!?」

驚くローゼマリーを尻目に、モモンガの光っていた額の花模様から白く光る花びらが溢《あふ》れ出し、海馬の体を徐々に覆っていく。張り付くたびに海馬の動きが封じられていき、ついにはその巨体が倒れた。そうして倒れた海馬の体の上に上ったモモンガが得意げに胸をそらしてふん、と座る。

「モモちゃんすごい……」

唖然《あぜん》としたローゼマリーにモモンガが嬉しそうに飛びついた次の瞬間、倒れたはずの海馬があらん限りの声を上げて立ち上がった。

――おのれ、おのれ、おのれ、人に与《くみ》する同胞が！

その身を拘束していた鎖が数本、がちゃがちゃと音を立てて引きちぎられる。洞窟が大きく揺らぎ、ひび割れ、今度こそ本格的に崩落を始める。

「なおさら怒らせたぞ！」

落ちてくる岩を魔術で防ぐクラウディオに、抱え込まれるようにかばわれたローゼマリーは、崩れた天井を見上げて目を見開いた。

「この上は……大聖堂なのですか⁉」

天井――おそらくは上にとっては床が抜けて、ロウソクやその他寝具などの生活物資が転がっている。薄暗くてよくは見えないが、聖堂のあらゆる壁に施されていた華麗な装飾が見えた。

「ああ、そうか。ここがあの階段が崩落して下りられなくなった十層目か……」

クラウディオが苦い顔をする。

今日ばかりではなく、海馬が暴れて崩落したのかもしれない。激しく暴れる海馬は鎖がなおさら食い込んで痛々しい。

「魔術で倒すのは簡単だが、少しな……。何か、鎮める手段は……」

「殿下！　妃殿下！　ご無事ですか⁉」

ふいに崩れた岩盤の向こうから聞き覚えのある声がした。そちらを見てみると、岩盤の隙間《すきま》から焦ったような表情のアルトが顔を覗かせたところだった。

「殿下、お顔が戻ったのですね！　今、そちらに参ります！」

「来るな、アルト。俺たちは無事だ。海馬に余計な刺激を与えたくない」

クラウディオの制止に隙間を広げようとしていたアルトが、息を呑んで大人《おとな》しく引き下がる。

そのやり取りを見守っていたローゼマリーの胸元で、ふいにモモンガがカツカツと何かを打ち鳴らした。何をしているのかと見下ろすと、クラウディオに貰ったカオラのペンダントに歯を立てていた。

「モモちゃん、齧《かじ》らないでね」

引っ張って取り返そうとすると、横合いからクラウディオが真剣味を帯びた表情でそれをつまんだ。ぶらりとペンダントにモモンガが釣れる。

「さっき、海馬が甘い香りとかなんとか言っていたな。まさかこれが原因でお前を呼んでいたんじゃないだろうな」

「え……？」

たしかに先ほど何か色々と言っていたが、言われてみればその可能性はある。自分だけがこれを身に着けているのだから。

「そのモモンガもやたらとカオラに興味を惹かれているしな。……一か八か試すか。これを貰うぞ」

クラウディオはそう言うなり、くっついていたモモンガを引き離し、ローゼマリーからペンダントを取り外した。そうして魔術の青い炎で包み込むと、それを掲げる。

「海馬よ。いいものをくれてやる。受け取れ！」

まるで矢を放つような仕草をしたクラウディオの手元から、カオラ入りのペンダントが放たれる。海馬が飛んできたそれを大きく口を開いて噛み砕く。かと思うと、一気に燃え上がった。

断末魔の悲鳴のような、つい先ほどまで自分を呼んでいた苦痛に満ちた声とは段違いに悲痛な叫びが海馬から発せられる。仰向くように喉をのけぞらせた海馬が身をぶるりと震わせて倒れると、ガラスが割れるような高い音を立てて首輪が外れた。

「ク、クラウディオ様、殺してしまったのですか……？」

微動だにしない海馬にローゼマリーはさあっと青ざめた。人間のせいでこんなにひどい目にあったのに、最期も人間のせいで死んでしまったとすればやりきれない。

「いや、そこまでの威力はない。正気付かせるくらいのはずだが」

近づこうとした時、頭上から落ちてきた岩盤をクラウディオが風を操り砕く。ぱらぱらと降り注ぐ砂となったそれを割るように、ふいに白と青の獣がこちらに突っ込んできた。

「えっ……！」

眼前に迫った海馬から身動きすることができず、ローゼマリーが立ち尽くしていると、飛び掛かってきた海馬に服の端を咥《くわ》えられて、そのまま海のほうへと連れ去られた。

ざぶりと再び冷たい海水に浸かり、肺が空気を求めて熱くなる。

「――――!!」

波音の合間にクラウディオが何かを叫ぶ声がしたような気もしたが、本当なのかどうかもわからない。ぐんぐんと海底へと体が沈んでいく。恐ろしさよりも、ただただ苦しい。

(カオラは手放したはず……!!)

自分を海底に引き込もうとしていた海馬が、唐突に服を離した。地上とは比べ物にならないほどの速さで襲いかかってくるそれに、死が迫っているのだと感じた。

(クラウディオ様に魔力も返していないし、まだ返事もしていないのに!)

生に対する心残りで、呼吸よりも胸が苦しい。こんなことなら、さっさと答えておけばよかったのだ。

後悔に占められた意識が途切れかけたその時、ぐん、と体が浮上した。何かに引っ張られて、ようやく求めてやまなかった海上に顔を出す。わけもわからず思い切り空気を吸い込もうとして、体がさらに持ち上がった。いや、海から放り出された。奇妙な浮遊感に、内臓が上に集まったような感覚がする。吐き気を覚えてきつく目を閉じたローゼマリーは、いくらも経《た》たないうちに、柔らかくてかたい不可思議なものに受け止められるのを感じた。

「――っ、心臓が止まるかと思ったぞ」

耳を打つ聞き覚えのある声に、そっと目を開けてみると、紙のように白くなった顔のクラウディオが自分を抱きしめていた。辺りには岩礁が広がり、どうも岸辺のようだった。

「わたし、は……」

「魔術を使って奪い返した。ほら、海馬が逃げていくぞ」

海上で馬のいななきがした。はっとしてそちらを見たローゼマリーは、そこに一際高く跳ねた海馬を見た。それを見据えるのは、銀の鬣に優雅な二対の翼。そして夕日に艶《つや》めく黒い巻き角を持った銀獅子の姿だった。なぜかその姿が恐ろしく感じて、ローゼマリーは自分の腕を握りしめた。ふっと銀獅子の姿が夕日に溶けるように消える。

「あれは本物の銀獅子なのですか……？」

クラウディオの魔力の有無を問う査問会で、逆に大司教のケストナーの罪を追及した時にも見た獣だと思い出す。クラウディオが静かに首を横に振った。

「いや違う。俺の魔力を練って作る使い魔だ。魔力で作る幻とでも言ったほうがいいか……」

回らない頭でどうにか理解しようとしていたローゼマリーは、ふっと大変なことに気付いた。

「あっ、海馬に聖物を返していません！」

「いや、もう取り返しには来ないだろう。いくら聖獣でも失った部位は元には戻らない」

「そんな……」

『――優しくすればつけあがりおって！』

もしれない。

海馬の叫びを思い出す。返せと言っていたのは、本当は目ではなく、人との信頼だったのかもしれない。

感傷などに浸ることはしてはいけないのかもしれない。人の勝手な都合に振り回された結果をきちんと目をそらさずに見なければならない。

クラウディオと並んで海馬の泳ぎ去ったほうを眺めていたローゼマリーは、そんなことを思いながら、傍らのクラウディオの袖を我知らずにつかんだ。

「殿下！　もうよろしいですね。そちらに参ります！」

ふいに気合の声とともに、岩盤が崩れる。その向こうには蹴り飛ばしたのか、片足を上げたアルトと、驚いたことにお下げの髪の小間使いの少女がいた。

「アデリナ！　どうしてここにいるの？　怪我は大丈夫!?」

「うん、大丈夫。騎士様をここまで案内してきたんだけど……。今の海馬、だよね？　あの鎖って……捕まえていたの？　それにどうして王太子の顔が人間になっているの？」

アデリナが強ばった顔で尋ねてくるのに、ローゼマリーは苦い思いを噛みしめながらも頷く。

「そうなのだけれども……」

自分のいた大聖堂の聖職者たちがそんなことをしていたと聞けば、それは衝撃だろう。絶句するアデリナに何と言ったらいいのかわからないでいると、クラウディオが嘆息した。

「話はあとだ。とりあえず上に上がろう。アルト、他の皆はどうした？」

「はっ、エーデルトラウト様はこれ以上崩落が起きないように支えております。フリッツ殿は枢機卿《すうききょう》様方を先導して地上へ。妃殿下の侍女殿も同じく避難しております」

状況報告をするアルトとそれを受けるクラウディオの後ろで、ローゼマリーはアデリナの背に手を添えた。

「きちんと話すから、今は上に戻りましょう」

すっきりしない気分を抱えつつも、ローゼマリーはそう言うしかなかった。

＊＊＊

ことり、とテーブルの上に置かれた茜色《あかねいろ》に金箔《きんぱく》が散った宝石に、ローゼマリーとクラウディオの向かいの席についた茶色の犬頭をした枢機卿が大きく目を見開いた。

「これは……、聖物ではありませんか！　なぜクラウディオ様がお持ちになられているのでしょうか」

うかがうような声音と、媚《こ》びるような上目遣いをする枢機卿に気味の悪さを覚えて、ローゼマリーは軽く目を伏せた。

聖地の枢機卿及び、その他司教等の運営に関わる者が一堂に会しているこの食堂で、動物の頭ではない者は今自分たちの後ろに控える側近三人と、イルゼのみだ。恐れというよりも、緊張で身がすくむ。

一昨日、海馬が暴れて崩落した大聖堂は、九層目の床の落下と八層目のひび割れのみで何とかとどまった。今後、補修工事をすれば元通りとまではいかないが、使えるようにはなるという見解だ。

そうしてこの一連の事件の真相の追及をする為に、今、枢機卿らと対峙《たいじ》している。

「聖物？　これは一昨日、多くの人々が目撃した海馬の目だ。なぜか私の部屋に置かれていてな。魔力を帯びていたので、そのまま保管させてもらった。そうか、これは聖物に似ているのか」

あくまでこれは海馬の目。聖物を盗んだとは断罪させない、と主張をにじませるクラウディオに、枢機卿が犬の頭をかすかに震わせる。

一昨日の大聖堂の崩落の後、海へ逃げた海馬を多くの者が目撃した。言い逃れることはできないだろう。

「ええ、似ています。それが何か？」

「いや、万が一にも聖物と入れ替わっていたとすれば、少し問題があると思ってな」

クラウディオが心配そうに眉をひそめ、枢機卿を見据えた。ぐっと枢機卿が押し黙る。クラウディオが人間の頭に戻っていることに神の奇跡で戻られたのですね、と口にした枢機卿だが、獣の頭の時よりも緊張感を募らせているようだった。

「一年ほど前からどうも不調を訴える者が増えたと聞いた。聞けば、聖水を飲むようになったのも一年前とか。もしもその時点で聖物と海馬の目が入れ替わっていたとしたら、体調不良になるのも頷ける」

「――それは、どういうことでしょうか」

かすかに怯えの色が見え隠れするその目に、クラウディオが気の毒そうに眉をひそめた。

「海馬の目には魔力がある。魔力が溶けた水を飲んだとすると、あの発狂したカヴァンの王女のようになる者もいるが、多くはじわじわと毒のように染み込んで、衰弱死だ。何の守りもない体内に魔力を取り込んでいるからな。相当苦しいぞ」

ざわり、と食堂内がどよめく。落ち着かなげに身を触る者がいれば、すがるような視線をこちらに向けてくる者もいる。ここにいる者たちは、多かれ少なかれ、聖水を口にしたのだろう。

「もし体調が悪いのなら、私の妃が後で診よう。そういったことには慣れている。すぐに回復するだろう。なに、もしも海馬の目が浸された水を飲んでいたら、の話だが」

クラウディオがかすかに不敵な笑みを浮かべるのに、ローゼマリーはそっと胃の辺りを押さえた。少しずつ情報を小出しにしつつ、相手の反応をうかがうクラウディオの横にいると、胃がきりきりとしてくる。いつもこんなことをしているのだろうか。

蒼白になった枢機卿が、テーブルの上に乗せた手を白くなるほど握りしめる。食堂内が騒がしくなる中、聖地勢の中でひとりだけ冷静だった白髪の司教がため息をついた。

「――ですから、聖水を飲むのはやめたほうがいい、とご進言をしたはずですが」

「な、何を言い出す、イルゼ」

慌てふためく枢機卿をよそに、イルゼはすっとその静謐《せいひつ》な印象を受ける面をこちらに向けた。自然と背筋がすっと伸びてしまう。やはり何を考えているのかわからない司教だ。

「クラウディオ様、どうぞお調べになられたことをすべてお話しください。切れ者と名高い貴方《あなた》のことだ。すでに聖地で何が起こっていたのか、わかっているのでしょう」

見据えられたクラウディオは、動揺もせずに見返す。

「小間使いを使って聖物を私の部屋に忍ばせたのは、貴方だな、ランセル司教」

「――ええ、そうです。貴方ならこの現状をどうにか解決に導いてくださるような気がしましたので」

あっさりと白状をしたイルゼを、枢機卿が睨み据えた。

「イルゼ、そなたが盗んだのか」

「拝借をしたのです。枢機卿様、クラウディオ様はもとより、多くの人々に海馬の存在を知られてしまいました。ここは腹をくくったほうがよいかと思われます」

しれっと告げたイルゼに、枢機卿が押し黙る。クラウディオが背後に控えていたフリッツに手を差し出した。心得たように、フリッツがその手に数枚の書類を乗せる。

「一年前より、塩の採掘量が極端に減っている。そして同時に聖水による洗礼の数が増え、献金も増えた。聖水を飲み出したのは、より多くの献金を集める為だと予測している。この聖水だが……どうも、中毒性があるらしいな」

書類をテーブルに広げ、クラウディオは腕を組んで枢機卿を睥睨《へいげい》した。

「何かのきっかけで聖水を口にした者が、献金を積んででも飲みたいと再び訪れたのだろう。それから次から次へとそういった者が現れた。そうして献金も増えていく。同じ献金者の名前がこう何人も連なることはない。そうなると、ますます聖物は失えない。万が一にも聖物が使えなくなった時の為に、海馬も解放することはできない。堂々巡りだ。――さあ、俺の言っていることはどこから違うのか教えてもらおうか」

しん、と張り詰めたような静寂が室内を満たす。誰も身動きしない中、脱力したように枢機卿が天を仰いだ。

「――仕方がなかったのです。貴方が仰るように、塩の採掘量が減った。これから立ち行かなくなる。ひいてはこの土地の民の生活にも及んできます。聖水の件は渡りに船でした」

苦しい胸の内を打ち明ける枢機卿だが、ローゼマリーの目にはいまだに茶色の犬の頭だ。民の為になどとは、欠片ほども思っていない。そのことに憤りを感じながら、そっとクラウディオに身を寄せる。

「クラウディオ様」

小声でクラウディオの名を呼び、視線がこちらを向いたのをたしかめてから頷く。するとクラウディオは答えるようにローゼマリーの手を軽く叩いた。

「──そうか、正直にすべてをさらけ出せばここはこれ以上追及しないでおこうと思ったが……。やはりこの件は中央協会の教皇猊下《げいか》へご報告を申し上げよう。これらの報告書とともに」

「なっ、これは……っ」

新たにフリッツから受け取った書類を枢機卿に突きつけると、彼は面白いくらいにその文面とクラウディオの顔を何度も見返した。

「聖地に来る前に貴方の素行調査をさせてもらった。視察と称して、あちらこちらの国でそれはそれはいい思いをなさっているようだ。もちろん、我が国でも。教皇猊下はさぞやお嘆きになることだろうな」

クラウディオが精悍な顔に怜悧《れいり》な笑みを浮かべた。

頭を抱えてテーブルに突っ伏してしまった枢機卿が、食堂の入り口から入ってきた教会に属する聖騎士によって引き起こされ、連れていかれる。

その他の者は、自分にとばっちりがくることを恐れてか、枢機卿を助けようと身動きすることはなかった。

それを尻目に、クラウディオがふいに立ち上がり、なぜかイルゼの側に立った。その行動に戸惑うローゼマリーの目の前で、クラウディオが口を開く。

「さあ、これで満足か？　――レネ殿」

無感動な目で引っ立てていかれる枢機卿を眺めていたイルゼは数度瞬き、その口角を持ち上げてにやりと笑った。

「――上出来じゃねえの、王太子サマ」

＊＊＊

荘厳な地下大聖堂の聖者の礼拝堂に、煌びやかな僧服をまとった聖職者たちが集い、祈りを捧げている。祭壇に設えられているのは、茜色の輝きを放つ聖物だ。

『聖物礼拝の儀』は厳粛な空気の中、粛々と行われていた。

ローゼマリーはクラウディオや他の賓客と共に参列しながら、ぼんやりとそれらを見つめていたが、聖職者の中にイルゼの姿を見つけて思わずため息をつきたくなった。

――『上出来じゃねえの、王太子サマ』

静謐な印象をかなぐり捨てたその言葉と皮肉気な笑みに、ローゼマリーは唖然とした。

あれから明かされた事実にはもっと開いた口が塞《ふさ》がらなかったが。

（まさか、ランセル司教様が……。前任の禁忌の森の番人の魔術師レネ様だったなんて……）

見た目は二十代後半なのだ。老人を想像していたが、そういえば魔術師は実年齢よりも若く見え、禁忌の森の番人を務めればさらに若く見えると言われていたのを忘れていた。

どういう経緯であの地位に収まっているのか全くわからない。この聖物礼拝の儀が終えてからすべて話を聞くことになっている。

クラウディオは薄々疑っていたようだが、エーデルトラウトに至ってはレネのほうが顔を合わせないように逃げ回っていたらしい。

聖物が海水に浸される。聖水となったそれが入った器を捧げ持った司教が参列者の額に順に振りかけていった。

ローゼマリーがあの海馬が囚われていた洞窟で魔力を払ってしまった為、もうあの海馬の目――聖物には何の力も宿っていない。海水に浸したところで真水にはならないし、中毒性のある魔力を帯びた水にも変化することはない。

だが、今年の聖物礼拝はすでに多くの参拝者が集っていたことから、期日より数日遅くなったがこうして行われた。来年以降はどうなるのかわからないが、このまま事実を明かされずに続けられるのではないか、というのはクラウディオの見解だ。そこに思うところがあるものの、これ以上口を挟むことはできない。

海馬の魔力に当てられていた人々も、ローゼマリーが触れることですでに回復している。

シュゼットも正気には戻っていたが、自分のしていたことは全く覚えていなかった。

　聖物礼拝がつつがなく終わる。参列する人々の頭は救いがあるのかないのか、誰ひとりとして動物の頭に見えることはなかった。

＊＊＊

「よう、お疲れ、王太子さん方」

　聖物礼拝が終わり、クラウディオとローゼマリー、そしてエーデルトラウトが呼び出されていた場所に向かうと、強い海風が吹き上げてくるその鐘楼で、かの魔術師は待ち構えていた。

　手すりに腰かけていたレネは、気さくに挨拶をして長い白髪を跳ね上げてそこから下りた。

　その服装はすでに煌びやかな僧服ではなく、普通の魔術師がまとうような濃紺の外套《がいとう》だ。ただその淵には様々な色の糸で刺繍《ししゅう》が施されており、華やかだ。

「王太子さんよ、オレがレネだといつから気付いていた？」

「アデリナの魔術を解いた辺りから、疑ってはいた」

　淡々と答えるクラウディオをローゼマリーは驚いたように見上げた。

（そういえば、一度、エーデ様にどんな性格の方なのか聞いていたわ）

あの辺りから胡散臭いとは思っていたのだろう。

レネは声を上げて笑った。

「それは怖い、怖い。――それにしてもつくづく不思議なもんだな。あの威厳漂う銀獅子頭の王太子が、実はこんな仏頂面した若造だなんてな」

「我が祖母と同年代とは思えないほど元気な貴方から見れば、俺など当然若造だろう」

なぜか始めてしまった刺々《とげとげ》しい言葉の応酬に、はらはらとそれを見守っていたローゼマリーは、ふいにレネに目を向けられて、びくりと肩を揺らした。

「怯えてんのか？　ここで色々とお話をした仲だっていうのにな。――って、そんなに睨むなよ、嫉妬深い王太子さんだな」

あーいやだいやだと茶化すレネに、ふいに一緒についてきていたエーデルトラウトが歩み寄ったかと思うと、思い切りその頭をはたいた。

「……てっ、おまっ、エーデ！　久しぶりに会った師匠の頭をなんで殴ってやがる」

「クラウディオ怪我したの、レネ師匠のせい。さっさと正体明かせば、問題なかった」

エーデルトラウトの表情はいつものようにあまり動かなかったが、目がじっとりと据わっている。怒りの感情をぶつけるエーデルトラウトを、クラウディオが咳払《せきばら》いをしてなだめた。

「エーデ師、殴るのは後にしてくれ。――本題に入らせてもらう。レネ殿、貴方はなぜ一年も前に聖地に聖職者として入り込んだ？」

「そりゃあ、一番の目的は聖物の正体が知りたかったからだな。まあ、掘り下げてみればオレの身分じゃ手を出せねえ、困った問題がわんさか出てきたけどな」

呆れたように肩をすくめたレネは、手すりに寄りかかってちらりとローゼマリーに視線を送ってよこした。

「その件を解決した恩を売る代わりに、王太子さんが聞きたいのは、そのお姫さんのことだろ？」

「え？　わたし、ですか？」

急に話を振られて、ローゼマリーは驚いて背筋を伸ばした。

自分より、『魔力封じの種』が体の中にあるクラウディオのほうなのではないだろうか。クラウディオもその言葉が予想外だったのか、レネに不審そうな顔を向けた。

「ローゼマリーの？　いや、たしかに俺の魔力を奪って、視覚がおかしくはなっているが……」

「ん？　違うのか？　エーデの目がよくないから、オレにそのお姫さんの魂の状態を見てもらいたくて来たんじゃないのか？」

ローゼマリーとクラウディオの視線が一斉にエーデルトラウトに集中する。

「エーデ師？　どういうことだ」

「エーデ様、わたしの状態はどこかおかしいのですか？」

一方は問い質すように、もう一方は不安そうに問いかける声に、エーデルトラウトは悪びれもせずに口を開いた。

「本当のこと言ったら、クラウディオ、フォラントの王女のこと心配して、絶対に国から出さない。それだとレネ師匠は釣れない。お金じゃない貸しが必要。今回みたいな」

「アッハッハッハ、まあ、そうだな。オレは高いからなあ。金で雇えない分」

豪快に笑うレネは、しかし目が笑っていない。彼に何かを頼むには金よりも恩ということか。

「クラウディオも知っているはず。ワタシあまり魂の状態見るの得意じゃない。ただ、何となくフォラントの王女の魂、違和感ある。記憶が曖昧《あいまい》で魔力戻せないの、そのせいかも、と考えた」

エーデルトラウトの説明を聞きながら、ローゼマリーは得体の知れない恐ろしさに、自分の腕を抱きしめるようにしてつかんだ。その肩をクラウディオに少し強引に引き寄せられる。

「エーデ師の言い分はわかった。色々と文句を言いたいことは山ほどあるが、聖物の件は無事に終わったからそれでいい。――それで、ローゼマリーの状態はどうなっているんだ？」

クラウディオが鋭い視線をレネに向けた。ローゼマリーもまた恐々とレネを見る。するとレネは目を眇め、しばらく無言で観察した後、ため息をついた。

「……お姫さん、魂が欠けてるぜ。――それ、何かに齧《かじ》られたな」

興味深そうにまじまじと見つめてくるレネに、ローゼマリーは息を呑んだ。

「齧られた……？」

「ああ、ちょこっと食われたな。ああ、なるほどそれで王太子さんの魔力を奪って補っている感じか。視覚もおかしいとか言ったな？　そりゃそうだ。無理に補っているんだ。歪みはくる」

「――そ、それでは、負の感情が獣となって見えるのも、一時的にでもクラウディオ様の頭が獣に見えたのも……」

「――ああ、ああ、愛し子よ。そなたの身からは甘い香りがする。極上の魔力の香りと果実の甘い香りだ。銀獅子の食いかけでもかまわぬ。その血肉、魂までも、一片も残さずに食ろうてやろう！

ふっと海馬の言葉が蘇った。レネの言葉が間違っていないのだと理解した途端、心の底から震撼《しんかん》した。足元から崩れ落ちそうな体を、クラウディオがしっかりと抱きとめてくれる。

「――まさか、銀獅子に食われたのか？」

同じことを思い出したのだろう。クラウディオが張り詰めた声でたしかめるように呟く。

「銀獅子？　あれは禁忌の森からは出られないだろう。どうしてそうなる」

レネが不信感も露《あら》わに片眉を上げた。何とか衝撃を呑み込みながら、今度はローゼマリーが口を開いた。クラウディオばかりに任せているわけにもいかない。

「子供の頃、禁忌の森に迷い込んだのです。そこで捜しに来てくれたクラウディオ様の魔力を奪ってしまって……。その時の記憶が曖昧なのですが、銀獅子に襲われたような覚えもあるので……」

「お姫さん、ちょっと顔を貸してみろ」

真剣な表情で手招いたレネに、ローゼマリーはためらいながらもクラウディオから離れてそちらに寄った。レネに顎先を持ち上げられて、目の奥を覗き込まれる。レネの薄青い氷の刃のような双眸に体の奥まで見透かされそうで、怖くなる。

ふいにじいっとローゼマリーを見つめていたレネが顔を傾けた。かと思うと、ローゼマリーの耳の辺りに顔を寄せてくる。一瞬、何をされているのかよくわからなかった。

「何をしている。離れろ」

クラウディオの不機嫌極まりない声と共に引き戻されて、ようやく我に返った途端、かあっと顔に熱が集まった。

「おお、真っ赤だな。……っと、怒るなよ、王太子さんよ。ちょっと香りをたしかめただけだ」

「レネ師匠、それ親しくない女性にしたら、変態」

エーデルトラウトの嫌悪感が混じった冷静な突っ込みをうけて、ひらひらと手を振っていたレネは表情を引きつらせた。

「変な気を起こしたわけじゃねえって。――お姫さんは、オレと同じフォラントの出身だよな。特産のカオラが好物だろ？」

「は、はい、好きです。子供の頃からずっと飲んでいます」

慌てて答えると、レネは渋い顔をして自分の顎を撫でた。

「――やっぱりな。食われた原因、それだぜ。知っているわけがないと思うけどな、あの香りはどうも聖獣たちを惹きつけるらしい。お姫さんの場合、聖獣好みの魂だったんだろう。その上でカオラの香りをくっつけていたんじゃ、うまい肉にそれを引き立てる極上のソースがかかっているようなもんだ。食ってくれ、と言わんばかりのな」

衝撃的な発言に、ローゼマリーは口をぱくぱくと動かした。そんな話は母国にいた時から聞いたことがない。

「お姫さんは銀獅子に森の中に誘い込まれたんだよ。魔力を持っていない幼子なんか、ひとたまりもねえ。王太子さんが捜しに来なかったら、今この世にはいねえな」

レネが気の毒そうな視線を送ってきた。ローゼマリーが知らず知らずのうちに支えてくれていたクラウディオの腕を握ると、彼はそれを握り返してくれた。

「それで海馬も執拗《しつよう》にローゼマリーを呼んでいたのか……。やっぱり『禁忌の森』に子供がひとりで入れるはずがなかったな。――そうだ、レネ殿はそのカオラと魔力封じの種が同じ物だと知っていて、俺に飲ませたのか？」

探るようなクラウディオの表情に、ローゼマリーは思い出した。レネはクラウディオに魔力封じの種を飲ませた時に立ち会っていたと聞いている。レネが眉根《まゆね》を寄せた。

「は？　それは知らねえな。同じだったのか？　魔力封じの種からカオラの匂いなんかしなかったぜ。あれ、古かったからなあ。香りなんかとっくに飛んで……。──ああ、そうか、だから魔力封じの種を飲ませるのが魔術師の大罪人の刑罰になったのか」

ばりばりと頭を掻いたレネが思考を巡らせるように上を見て、またこちらに視線を戻した。

「魔力を封じた上でカオラの香りをさせていれば、いい聖獣の贄《にえ》だ。王太子さんが食われなかったのは、封じきれなかった魔力が大きすぎたせいだろうな」

クラウディオが自分のみぞおちの辺りに手を置いた。その横顔は複雑そうに歪められている。

それを気遣わし気に見つめていたローゼマリーは、ふとレネに目を向けた。

「レネ様、そうするとクラウディオ様に魔力を返せないのは、わたしの欠けた魂を補っているからなのですか？　今回のように時々返せることもあるのですが……」

「そこなんだよな。時々返せるのがオレにもよくわからねえ。エーデもわからねえから、オレに聞きたかったんだろうけどな」

レネが不可解そうな顔でエーデルトラウトを見やると、筆頭魔術師もかすかに首を傾げた。

「ほんとうに、そう。魔力封じの種が戻った魔力を吸い取ってしまうから、消えるのはわかる。ただ、フォラントの王女が魔力を返せる条件がわからない。それはそうと、今回はどうして戻ったのか、まだ聞いていない」

エーデルトラウトの眠たげな目に、きらきらとした興味津々といった光が浮かぶ。ローゼマリーは一気に赤面して、思わずつかんでいたクラウディオの腕を離して後ずさった。

「ええと、その……。――を」

「え？　何？　もう一度言って」

「人工呼吸をしたそうだ」

じりじりと迫ってくるエーデルトラウトの首根っこをつかんだクラウディオが、何でもないことのようにさらりと言ってくれる。しかし、その頬はうっすらと赤い。そのことにローゼマリーは視線を落として思わず俯いた。あの時は必死だったとはいえ、今思えばあんなに長く口づけたことなどなかった。バケツがあったら被りたい。

その様子を見ていたレネが、ばりばりと腕を搔きむしり出した。

「ああぁっ、何だってこの、互いに初心《うぶ》な反応してんだよ。夫婦なんだろうに、むずがゆいな！」

「レネ師匠、これ、まだいいほう」

「ん？　もっとなのか？　……そりゃあ、側近の奴《やつ》らにはご苦労さまってやつだな」

苦笑混じりのレネの声に、ローゼマリーは恥ずかしさに両手で顔を覆った。そう言われるのはわかっているが、どうにかできるものならしている。もう少し動揺しないようになりたい。

クラウディオが気を取りなおすように咳払いをする。

「それはいい。放っておいてくれ。それより、銀獅子からローゼマリーの魂の欠片を取り戻せれば、俺の魔力も顔も元に戻るんだな？」

ローゼマリーは顔に上った熱がすうっと冷めていくのを感じて、手を握りしめた。

魂を取り戻す。そんなことが可能なのだろうか。

レネをうかがうように見つめると、元禁忌の森の番人は「イルゼ・ランセル司教」だった時のように、静謐な印象の表情を浮かべた。

「そうだな。かなり難しいけどな。ただ、顔に関しちゃわからねえな。多分それ、今までの話を総合すると、銀獅子の呪いだぜ。お姫さん――獲物を横取りされた恨みだな」

恨み、という言葉に、ローゼマリーは背筋を強ばらせた。海馬のいななくような声が聞こえてくる気がして、かすかに首を横に振る。

「まあ、幸い魔力封じの種は落ち着いているようだし、このままお姫さんと添い遂げるつもりなら、魔力を取り戻せなくてもそれなりには生きられるだろう。だから無理に取り戻す必要はない、とオレは思うけどな」

年長者の意見として聞いておけ、と助言するレネに、ローゼマリーもクラウディオも、困惑した顔でただ頷くしかなかった。

がたがたと馬車が小刻みに揺れる。

心地よい振動を感じながら、ローゼマリーはぼんやりと窓の外を流れる景色を眺めていた。海沿いを走る馬車からは美しい海岸線が望め、見ていて飽きない。

(何だか、あっという間だったわ)

聖地に滞在したのは七日ほどだったが、色々なことがありすぎて瞬く間に過ぎたような気がする。バルツァーへの帰路についたこの馬車の中で、ようやく一息つけた気分だ。

ハイディから返してもらったバケツを膝《ひざ》の上に乗せたまま、そろりと向かいの席に座るクラウディオを見やる。

クラウディオもまたローゼマリーと同じように窓の外に目を向けている。かすかに反射する窓にも獅子《しし》の頭は映っておらず、自分の目に見えているのと同じ人間の顔だ。だが、おそらくはそれも数日も経《た》てば獅子の頭に戻ってしまうだろう。

外を眺めるクラウディオの表情は何を考えているのか読み取れない。ただ、レネとの話し合いの後から、極端に口数が減ってしまった。

(それはそうよね。魔力がなくても生きられる、と言われたんだもの)

だがそれは、魔力がなくては即《つ》けない王太子位から退け、と言われたようなものだ。それまでのクラウディオの努力を打ち砕くには十分な言葉だった。

どう声をかけていいのかわからず、結局は黙ったままでいる。

(気の利いた言葉のひとつでも掛けたいのだけれども……)

自分の魂が欠けているということについては痛みや苦しみなどの自覚症状がない分、どこか人ごとのように感じてしまい、気持ちはクラウディオを心配するほうに傾く。

ふいにひときわ大きく馬車が揺れた。

「ローゼマリー」

「はいっ、膝枕《ひざまくら》でもしますか?」

唐突に声を掛けられて、とっさに出てきた言葉の馬鹿《ばか》さ加減に顔をひきつらせると、クラウディオが苦笑した。

「――そうだな。悪くない」

肯定の言葉にさっと青ざめた。いつもは頑《かたく》なに拒否するクラウディオが頷《うなず》いたのだ。これはかなり落ち込んでいるのだろう。焦らずにはいられない。

「えっと、あのっ、大丈夫ですから! クラウディオ様が決めるのなら、わたしはどこでもついていきますから」

身を乗り出す勢いで訴える。陳腐な言葉だと思われるかもしれないが、それは心からの思いだった。

クラウディオは驚いたのか、虚を突かれたような表情をしていたが、すぐに笑い出した。

「お前、俺が王太子位から降りると思っているだろう」

「えっ、違うのですか？　膝枕をすると言ったので、てっきり降りると決めて自暴自棄になられたのかと……」

「誰が降りるか。これまで積み上げてきたものを簡単に放り出すわけがないだろう。周囲の期待もあるしな。たとえ難しくても、魔力が取り戻せるのなら、俺はあがくぞ」

不敵に笑うクラウディオは、いつもの強気な様子だ。

「それに、お前の目も治さないとな」

「それなら、どうして……」

戸惑いがちにクラウディオを見つめると、彼はぐっと言葉に詰まって、気まずそうに視線をそらした。

「お前にはこれまでかなり恐ろしい思いをさせているし、これからもおそらくそうだろう。バルツァーになどいたくはないかもしれない。何度でも言うが、それでも俺はお前を帰したくないし、帰す予定もない」

帰したくない、帰す予定もない、何度でも繰り返される言葉に、ローゼマリーは胸が締め付けられた。こんなにも真摯《しんし》な思いを向けてくれるのに、自分はまだはっきりとは答えていないことに気付く。

「……お前の願いを叶《かな》えておけば、魔力が元に戻った後もフォラントに帰るとは言わないのではないかと思った」

素直に心情を明かすクラウディオは、こちらを見ていないが照れた様子はない。それだけ切羽詰まっているのかと思うと、どうしようもなく落ち着かなくなる。

「……もしかして、口数が少なかったのは、ずっとそんなことを考えていた、なんてことは……ありません、よね？」

まさかとは思いつつ、少しだけ気になった。うかがうようにじっとクラウディオを見つめると、彼はその視線から逃れるように、目をそらすだけでなくそっぽを向いてしまった。徐々にその耳が赤くなっていく。

「悪かったな。そんなことで」

拗《す》ねたように言われ、ローゼマリーは慌ててその袖《そで》を引っ張った。

「あの、わたしはクラウディオ様が必要とされるなら……お側《そば》にいますよ？」

いつだったか言った時には嬉《うれ》しいと言ってくれたのに、しかしクラウディオは喜ぶどころか外を見たままだった。

「……俺は欲深くなったらしい。その言葉だけで十分だと思いたいのに、お前が俺に負い目を感じているからそんなことを口にするのではないかと、ひねくれた気持ちになる」

「――負い目があるからなんかじゃありません」

そんな風に思われていたとは思わずに、ローゼマリーは戸惑ったように首を横に振った。

「――クラウディオ様、わたしはクラウディオ様の頭が獣に見えなかったから嫁ぎました」

「ああ、そうだな。俺はお前に奪われた魔力を取り返したくて娶《めと》った」

「はい。ですから、魔力を返せたら王太子妃の位を相応《ふさわ》しい誰《だれ》かに譲ってフォラントに帰ろうと思っていました」

膝の上に乗せていたバケツを握りしめて、ローゼマリーは視線を落とした。

「でも、今回シュゼット様がクラウディオ様の側に居るのを見て、憎まれたとしても、帰りたくはないし、あの場所を誰にも譲りたくはない。と思いました。そう思ってしまう自分が、まるで自分でないようで、少し怖くなりました」

じっと見据えてくるような視線を感じて、ローゼマリーは顔を上げた。窓のほうを向いていたクラウディオが、少しだけ驚いたようにこちらを見ている。

「こんな思いを抱くのは、多分後にも先にもクラウディオ様にだけです」

クラウディオの本性を初めて知った時には、こんな思いを抱くとは思わなかった。少しだけ苦しくて、怖くて、だが幸せな気持ちになる。

「わたしはクラウディオ様が――え？」

その言葉を口にしようとした時、聞こえてきた音にローゼマリーは言葉を止めて耳を澄ませた。シャラシャラと何か薄くて硬い物がこすれるような、綺麗《きれい》な音がする。

「どうした？」

「いえ、あの、ちょっと不思議な音が……」

「音……、ああ」

拍子抜けしたような不可解そうな表情を浮かべていたクラウディオが、急にしまったとでもいうように顔をしかめた。

「つくづく間が悪いな……」

クラウディオが心底残念そうに呟《つぶや》くのとほぼ同時に、それまで順調に走っていた馬車が止まった。

「殿下！　ご要望の場所に着きました」

「ああ、ありがとう」

アルトの声がしたかと思うと、クラウディオが礼を言って扉を開けた。

「クラウディオ様？　どちらへ」

「お前が見たがっていたものを見せてやるから、来い」

どこか悪戯《いたずら》めいた笑みを浮かべるクラウディオに首を傾《かし》げつつも、ローゼマリーは外へ出た。

地面に降り立つと、数日前に聖地を望む丘で休憩した時と同じように、ハイディがさっと近寄ってきて、ケープを肩に掛けてくれた。

「どうして止まったの？」

「見てからのお楽しみですよ」

「あんたの旦那《だんな》、そつがなくて怖いわ」

含み笑いをするハイディの隣で、大きくため息をついたのはあのお下げの小間使いアデリナだ。すべてを目撃してしまったアデリナをあのまま聖地に置いておくわけにもいかず、バルツァーの出身なのだからと、一緒に連れて帰ることになったのだ。

首を傾げると、先に馬車の向こう側に行っていたクラウディオが手招きをした。

「一体、何があるのですか……？　え、これって……」

海辺を覆うように、青味がかったガラスのように透明な花が咲いていた。ビオラに似た花弁の花は、海を渡って来る潮風に揺られるたびに、シャラシャラと心地のよい音を響かせる。

「聖地に出発する前にお前が見たがっていただろう。海辺でしか咲かないと言って」

「そうですけれども、あんなちょっとしたこと……」

まさか覚えているとは思わなかった。

「通り道でもあるし、今回は色々とあったからな。まあ、ご褒美だな」

通り道なわけがない。来た時に通っていたのなら、いくら窓に帳《とばり》を下ろしていてもこの音で気付く。わざわざ連れてきてくれたのだ。

クラウディオの柔らかな声を聞きながら、ローゼマリーはしゃがみ込んで花びらに触れた。思っていたよりも柔らかいそれを壊してしまわないように、すぐに手を離す。

「クラウディオ様はずるいです。こんなことをされたらよけいに……」

ぐっと唇を噛《か》んで、ローゼマリーは勢いよく立ち上がった。そうしてくるりと振り返ると、満足気な表情を浮かべていたクラウディオの耳を引っ張った。

「──こんなことをされなくても、好きですよ」

急に引かれて軽くよろめいたクラウディオの耳にそう呟くと、彼は耳を押さえてあっという間に真《ま》っ赤《か》になった。やっぱりクラウディオはこちらから何かすると、身構える。

「お前、は……っ、何をして……！」

赤面して怒鳴りかけたクラウディオの顔面に、唐突にぺたりと何かがへばりついた。

「モモちゃん！」

額に花模様のあるモモンガが、いつかと同じようにクラウディオの顔に張り付いていた。慌てて引っ張ると、モモンガは簡単に外れて、ローゼマリーの肩に駆けのぼった。

聖地を見下ろすあの丘の森に帰してきたはずなのに、どうしてここにいるのだろう。

「森に帰したはずのモモンガがどうしてここにいるんだ。カオラはもうないぞ」

引っ掻《か》かれたのか、軽く頬《ほお》を撫《な》ぜたクラウディオが、苛立《いらだ》ったようにモモンガを睨《にら》んだ。するとモモンガはヂヂッと威嚇するように鳴いて、身を左右に振った。

「クラウディオ様が怒るので、威嚇しているのだと思います」

「いや違う。それは俺がお前に近づくのが気に入らないんだ」

「……クラウディオ様、モモンガ相手に嫉妬《しっと》しないでください」

「モモンガとはいえ、それは聖獣だぞ」

困ったように眉《まゆ》を下げると、クラウディオは一瞬だけばつの悪そうな顔をしたが、すぐにそっぽを向いてしまった。

「拗ねないでください」

「拗ねていない」

頑なに否定するクラウディオを少しだけ微笑《ほほえ》ましく思いながら、ローゼマリーはその袖をなだめるように小さく引いて微笑んだ。

あとがき

沢山の作品の中から、この本を手に取っていただきまして、ありがとうございます。紫月恵里です。

引きこもり姫と獣頭の王太子のお話の第二巻となりました！

初の続編で、かなり緊張と不安を抱えております。夢にも出てくるくらいで……。

今回はもふもふ成分が増量しています。ローゼマリーの目には常に動物がちらついてはいますが……。あ、そういえばひとつネタばらしというか、入れられなかった設定を公開。イルゼの鳥頭ですが、ハシビロコウをイメージしていました。石造のように動かない怪鳥です。あの頭で迫られたら、怖いだろうな、と思ったので。

それはさておき、今回も凪かすみ先生が美麗なイラスを描いてくださいました！

表紙を眺めてはほくほくしております。モモンガが可愛いです。

そして色々とお世話になりました担当様をはじめとした方々にもお礼申し上げます。

最後に、読者様に感謝を。続きを出せることになったのも読者様のおかげです。

また再びお目にかかれることを願いつつ。

紫月恵里

IRIS ICHIJINSHA

旦那様《だんなさま》の頭《あたま》が獣《けもの》なのはどうも私《わたし》のせいらしい2

2017年3月1日　初版発行

著　者■紫月恵里
発行者■杉野庸介
発行所■株式会社一迅社
〒160-0022
東京都新宿区新宿2-5-10
成信ビル8F
電話03-5312-7432（編集）
電話03-5312-6150（販売）

印刷所・製本■大日本印刷株式会社
ＤＴＰ■株式会社三協美術

装　幀■coil

ISBN978-4-7580-4914-6

この本を読んでのご意見
ご感想などをお寄せください。

おたよりの宛て先

〒160-0022
東京都新宿区新宿2-5-10
成信ビル8F
株式会社一迅社　ノベル編集部
紫月恵里《しづきえり》先生・凪《なぎ》かすみ先生